J. M Hutterus

Der Stadtrichter

Erzählung

J. M Hutterus

Der Stadtrichter
Erzählung

ISBN/EAN: 9783743479203

Hergestellt in Europa, USA, Kanada, Australien, Japan

Cover: Foto ©Andreas Hilbeck / pixelio.de

Manufactured and distributed by brebook publishing software (www.brebook.com)

J. M Hutterus

Der Stadtrichter

Der Stadtrichter.

Erzählung

von

J. M. Hutterus.

Münster.

E. C. Brunn's Verlag.

1865.

Die mächtige demokratische Strömung in den Vereinigten Staaten hat an der leiblichen und geistigen Physiognomie der dortigen Eingebornen bekanntlich so lange herum gewaschen, bis es ihr nahezu gelungen, die eine der andern gleich zu machen, so daß ein Trupp ächter Yankees einer Hammelheerde, oder, um von dem schönen Geschlechte zu reden, einem Tulpen= oder Hyazinthenbeete vergleichbar ist. Wenngleich wir Deutsche nun auch von solcher Monotonie noch weit entfernt sind, und wir unsere Schulze's und Müller's noch sehr wohl voneinander zu unterscheiden wissen, ohne daß wir dem Einen einen Stock und dem Andern einen Regenschirm als kennzeichnendes Attribut in die Hand zu geben nöthig hätten, so ist es doch eine ebenso ausgemachte als oft ausgesprochene Thatsache, daß die sogenannten Originale auch unter uns immer mehr verschwinden, und selbst auf unsern Hochschulen, wo sie sich noch am längsten erhalten haben, immer seltener zu werden beginnen. Ich verstehe unter diesen Originalen nicht diejenigen Menschen, welche sich blos durch äußere, meist lächerliche, Angewohnheiten, mehr oder minder absichtlich, vor Andern hervorthun: —

die Sonderlinge, sondern solche, deren Seltsamkeiten mehr als der natürliche Ausdruck eines eigen gearteten Geistes oder Charakters, oder als die Consequenzen eigenthümlicher Schicksale erscheinen. Ein solches Original hatte ich das Glück, im Winter des Jahres 184— zu P. kennen zu lernen. Ich war als junger unverheiratheter Beamter dorthin versetzt und hatte im „Römischen Kaiser" meinen Mittagstisch genommen. Schon am ersten Tage nach meiner Ankunft zog Einer der Stammgäste, ein alter Herr von schlanker, wohlgebauter Statur und einer straffen jugendlichen Haltung bei seinem Eintritte in den Speisesaal meine Aufmerksamkeit auf sich. Nach der Mode des zweiten Dezenniums unsers Jahrhunderts trug er noch einen langen Ueberrock von feinstem blauen Tuche mit hoher Taille, breitem, hochaufstehendem Doppelkragen und steifen, radförmigen Puffärmeln. Nachdem er sich seines Hutes und Stockes entledigt hatte, machte er bei sämmtlichen Fenstern die Runde, untersuchte sorgfältig deren Verschluß, und nahm dann, mit vornehmem Anstande seine Tischnachbarn grüßend, am obern Ende der Tafel Platz. Feine edle Züge, eine schön geformte leicht gebogene Nase, eine mäßig gewölbte Stirn, von einigen silbergrauen Locken umwallt, und eine frische Gesichtsfarbe vereinigten sich zu einem der interessantesten Greisenköpfe, welche mir je in der Wirklichkeit oder auf Gemälden begegnet sind. Er sprach über Tisch wenig und leise, so daß ich, entfernt von ihm sitzend, Nichts von seiner Rede vernehmen konnte, jedoch war zu bemerken, daß, wenn er sprach, man seinen

Worten große Aufmerksamkeit schenkte, wie er denn überhaupt sowohl von den Gästen wie von den Kellnern mit besonderm Respekt behandelt zu werden schien. Da wir Deutsche, wie wir uns selber nachrühmen, uns eigentlich nur durch Rang, Titel, Geld oder Grobheit imponiren lassen, so nahm ich an, daß auch hier einer dieser Factoren wirksam sein müsse, und ich war nicht wenig überrascht, als ich vernahm, daß jener Mann nur die bescheidene Stelle eines Stadtrichters mit dem Titel „Justizrath" bekleide, und auch mit zeitlichen Gütern keineswegs gesegnet sei. Zugleich wurde mir gesagt, daß weder er selbst von dem „Justizrath" Gebrauch mache, noch auch von Andern sich gern also schelten lasse, und man ihn daher schlechtweg immer nur den Stadtrichter nenne, wie er denn auch den ihm schon vor Jahren verliehenen Orden niemals anlege. Also ein Mensch, dem man es verzieh, daß er sich über die Mode des Tages hinweg setzte, und den man blos um seiner Persönlichkeit willen verehrte, und ein Deutscher, der Titel und Orden verachtete — was Wunder, daß ich ein lebhaftes Verlangen trug, einer so seltenen Erscheinung näher zu treten! Ich ließ mich daher nach aufgehobener Tafel ihm vorstellen, und wenn eine natürliche Würde, mit Anmuth und Freundlichkeit gepaart, zugleich Neigung und Achtung einzuflößen vermögen, so mußte man sich ihm gegenüber von der einen wie von der andern in hohem Maße durchdrungen fühlen. Unsere erste Unterredung beschränkte sich auf die herkömmlichen Fragen und Antworten, und da ich amtlich mit ihm nicht in Berührung kam, er sich aber von dem geselligen Leben durchaus fern hielt, so ging eine geraume Zeit darüber hin, ehe irgend eine Annäherung zwischen uns stattfand. Erst eine gemeinsame Neigung, welche jedoch auf ganz verschiedenen Motiven beruhte, führte uns beim Beginn des Frühjahrs häufiger zusammen. Die Stadt P., trotz ihres soliden Handels- und Gewerbestandes von einem lebenslustigen Völkchen bewohnt, hatte, wie es ihr innerhalb ihrer Mauern an trefflichen Wein- und Bierschenken nicht mangelte, so auch außerhalb ihres Weichbildes eine für das Bedürfniß jedes Standes mehr als ausreichende Anzahl von Vergnügungsorten aufzuweisen, wenngleich ihr sogenanntes „Bellevue", von wo aus dem Auge mit Hülfe eines guten Fernrohrs am Rande einer ungeheuren Ebene die Ahnung eines sanften Höhenzuges aufdämmerte, von einer rührenden Bescheidenheit zeugte. Von all diesen Lustorten sagte mir keiner so zu, wie das am wenigsten besuchte, eine halbe Meile von der Stadt belegene „Kleinbach", eine, von einem ehemaligen Förster des Grafen Hochberg angepachtete Besitzung des letztern, und zwar war es vorwiegend ein romantisches Interesse, was mich immer mehr und mehr an diesen Ort fesselte. Der Weg dahin führte zunächst, an wohl angelegten Gärten vorbei, über eine große mit Wallhecken eingefriedigte Weide und mündete kurz vor dem Gute in eine stattliche Buchenallee. Ueber eine verfallene Zugbrücke trat man in einen geräumigen Hof, dessen Steinpflaster von Gräsern überwuchert war. An das Eingangsthor, von welchem nur noch die Pfeiler übrig waren, schloß sich zur Rechten ein pavillonartiger Ziegelbau und zur Linken eine in gleichem Style und aus demselben Material erbaute Kapelle an. Ueber Letztere breitete, das Glockenthürmchen weit überragend, eine uralte Linde ihre mächtigen Zweige aus. Ansehnliche Wirthschaftsgebäude nahmen in symmetrischer Ordnung die beiden Seiten des Hofes ein, in dessen Mitte die Trümmer eines Springbrunnens sichtbar waren. Alle diese Umgebungen ließen ein ebenso ansehnliches, wenn auch verfallenes Herrenhaus vermuthen, aber nach einem solchen sah man sich vergebens um. An der Stelle, wo dasselbe zu suchen gewesen wäre, zeigte sich eine muldenartige, die ganze Breite des Hofes einnehmende Vertiefung, und nur ein niedriger achteckiger Thurm, welcher die linke Seite derselben zum Theil begrenzte, kam der Phantasie des Beschauers in ihrem Bemühen, sich den vom Erdboden verschwundenen Edelsitz wieder aufzubauen, zu Hülfe. Das diesem Thurme zunächst gelegene Nebengebäude kündigte sich durch das über der Thür angebrachte Geweih eines Siebenenders als die Wohnung des Pächters an. An diese schloß sich ein mit Obstbäumen bepflanzter Rasenplatz, von wo aus man über einen Fischweiher hinweg in einen weitläufigen, größtentheils in einen Gemüsegarten verwandelten Park schaute, dessen östliche Seite ein kleiner Bach, der Kleinbach, bespülte, während er im Süden, gleich dem ganzen Hofberinge, von einem schilfreichen Graben umgeben war. Ueber letztern führte ein schmaler, bogenförmiger Steg in ein anmuthiges Buchenwäldchen. Das Schloß war zu Anfang der dreißiger Jahre bis auf die Umfassungsmauern und jenen Thurm nieder gebrannt. Man hatte die Mauern später vollends niedergerissen und nur den Thurm aus Pietätsrücksichten stehen lassen, weil ein seiner Zeit berühmter Dichter und Schriftsteller, dessen Namen aber jetzt nur noch in der Literaturgeschichte fortlebt, denselben lange Zeit bewohnt und darin eines seiner umfangreichsten, wenngleich nicht bedeutendsten Werke geschrieben hatte. Ueber den Grund, weßhalb das Schloß nicht wieder aufgebaut war, gingen verschiedene Gerüchte. Das eine sagte: weil es von Frevler Hand angezündet worden, das andere: weil dort mancherlei vorgegangen, was man gern der Vergessenheit übergebe und ein drittes: weil wegen seiner Lage in der Nähe der Stadt die Gastfreundschaft des Besitzers zu stark in Anspruch genommen sei. Somit vereinigte der Ort des Romantischen genug, um mich vor Andern anzuziehen. Als daher die warme Frühlingssonne die Gräser und Blumen aus der Erde und die Städter aus ihren Mauern in's Freie lockte, wanderte ich fast jeden guten Tag hinaus nach Kleinbach, und nahm dort an einem heimlichen Plätzchen in der Nähe des Fischweihers meinen Kaffee ein. Auch der Stadtrichter war dort ein täglicher Gast. Um drei ein halb Uhr, keine Minute früher oder später, schritt er, seinen Hut in der Hand, an dem Pächterhause vorüber, und auf einen am Ende des Baumhofes belegenen, mit dichtem Strauchwerk umgebenen Hügel zu. Der Kaffee mußte für ihn offenbar stets bereit gehalten sein: denn das

Aufwartemädchen folgte ihm mit demselben allemal auf dem Fuße nach. Ich hätte mich gern zu ihm gesellt, allein die Besorgniß, ihm vielleicht lästig zu fallen, hielt mich davon zurück. Der Zufall sollte indeß auch hier bald den Vermittler machen. Eines Tages hatte sich der jüngste Knabe des Pächters zu nah an den Weiher gewagt, und war bis an den Leib in's Wasser gefallen. Auf sein Geschrei eilte ich hinzu und brachte ihn mit leichter Mühe wieder auf's Trockne. Der Stadtrichter kam gleichfalls von seinem Hügel herab, und wie wir gleich darauf gemeinschaftlich den Rückweg antraten, nachdem er zuvor gewohnter Weise die Wanduhr des Pächters aufgezogen und mit der seinigen verglichen hatte, so gesellten wir uns auch in der Folge immer häufiger zueinander, und es entwickelte sich, durch die Uebereinstimmung mancher Neigungen begünstigt, allmälig unter uns ein Verhältniß, wie solches unter Menschen so verschiedenen Alters kaum freundschaftlicher gedacht werden kann. Ich hatte von Jugend auf einem sittlichen Ideale nachgestrebt, und ihm bald diese bald jene Persönlichkeit untergeschoben, jetzt trat der Stadtrichter an seine Stelle. Ein lauteres kindliches Gemüth, ein feiner Natursinn, und ein lebhaftes Gefühl, von einem energischen Geiste beherrscht, bildeten die Grundzüge seines Wesens. Er hatte sich meist auf allen Gebieten des Wissens umgethan, sich jedoch mit besonderer Vorliebe dem classischen Alterthume zugewendet und seine frühen Morgenstunden waren ausschließlich solchen Studien gewidmet. Wiewol er sein Richteramt gewissermaßen als einen priesterlichen Beruf ansah, und ihm alle seine übrigen Neigungen unterordnete, so faßte er doch, auf den Ruf eines feinen gewiegten Juristen verzichtend, die Jurisprudenz nur von ihrer rein praktischen Seite in's Auge, und zeigte sich allen Spitzfindigkeiten und Sophistereien als einem unsittlichen Elemente, wo das »summum jus summa injuria« zur Wahrheit werde, durchaus abhold. Während sich seine mannichfachen Eigenthümlichkeiten als: das strenge Innehalten der Zeit in all seinem Thun und Lassen, sein Leben nach der Uhr und nach der Schnur, seine ängstliche Scheu vor jeder Zugluft bei sonst keineswegs verweichlichtem Körper 2c. aus seinem langjährigen Junggesellenleben erklären ließen, so suchte ich doch für eine derselben vergebens einen Grund aufzufinden. Diese Seltsamkeit bestand darin, daß, wie er sich noch nach der Mode seiner Jugendjahre trug, er auch mit seiner Bildung über diese Zeitepoche nicht hinausgekommen war, und er an den spätern Erzeugnissen weder der Kunst, noch der Wissenschaft, noch der Industrie irgend einen Antheil nahm, ja sich selbst gegen die Politik gleichgültig zu verhalten schien. Wie oft ich ihn auch auf die eine oder andere Erscheinung aufmerksam machen, ihm das Lesen dieses oder jenes Werkes anempfehlen mochte, er nahm davon niemals Kenntniß, und zwar nicht, weil er etwa von einem Vorurtheile gegen alles Neuere befangen gewesen wäre, sondern — weil er nun einmal grundsätzlich nichts von ihm wissen wollte, weil er seine Bildung für abgeschlossen ansah. Ja, er verschmähte sogar die Vortheile, welche neuere Erfin=

bungen ihm boten, so daß er sich z. B. auf seinen Reisen niemals der Eisenbahn bediente, und zwar auch hier wieder nicht etwa aus Furcht vor möglichen Unfällen, sondern weil die Eisenbahnen zu denjenigen Erfindungen gehörten, welche nach „seiner Zeit" in's Leben getreten waren. Diese Einseitigkeit, diese Beschränktheit eines sonst so reichen freien Geistes war mir durchaus unerklärlich.

Nachdem ich sieben Jahre hindurch den traulichsten Verkehr mit ihm gepflogen, beraubte ein jäher Tod mich meines väterlichen Freundes, und erst fünf Jahre später sollte ich eine Lösung jener räthselhaften Erscheinung erhalten. In seinem Nachlasse fand sich neben einem Testamente, worin er unter Anderm angeordnet hatte, daß er zu Werserode, einem großen Kirchdorfe in der Nähe Kleinbachs, bestattet sein wolle, ein dreifach versiegeltes Papier=Convolut, welches an mich adressirt und mit den Worten überschrieben war: „Fünf Jahre nach meinem Tode zu eröffnen". Dieser Zeitraum war am einundzwanzigsten März 186— Abends eilf Uhr abgelaufen. Ich glaubte im Geiste des Verstorbenen zu handeln, wenn ich die mir gestellte Frist bis auf die Minute innehalte, und so erschloß ich denn am Abende des gedachten Tages in feierlichster Stimmung die alte braune Chatouille, in welcher ich neben andern theuern Reliquien auch den mir anvertrauten Schatz aufbewahrt hielt, legte das bereits ein wenig vergilbte Convolut vor mir auf den Tisch und löste mit einer aus Neugier und Andacht, Rührung und Grauen gemischten Empfindung Schlag eilf Uhr die geheimnißvollen Siegel. Es war mir in diesem Augenblicke, als ob ich ein leises Wehen um mich verspüre, in welchem der Geist des Freundes mich umschwebe und mein Thun beobachte. Es fiel mir zunächst ein loses Papier in die Hand, auf welchem in großen, festen Schriftzügen Folgendes geschrieben stand:

„Weshalb ich die angeschlossenen Blätter gerade in Ihre Hände lege, der Sie mein langjähriger treuer Genosse auf meinen Wallfahrten nach dem geliebten Kleinbach gewesen, werden Sie bald aus ihrem Inhalte ersehen. Da die Personen, welche darin handelnd auftreten, nunmehr Alle mit mir das Zeitliche gesegnet haben, und selbst das Andenken der Meisten unter der gegenwärtigen Generation erloschen sein wird, so mögen Sie mit ihnen nach Gutdünken schalten und walten. Vielleicht werden diese Aufzeichnungen Ihnen und Andern, die mir im Leben mehr oder weniger nahe gestanden, einigen Aufschluß geben über das, was Ihnen an meinem Wesen etwa Wunderliches und Seltsames aufgestoßen sein mag, und welches meinem Leben seine Richtung gegeben hat. Sollte es mir nicht vergönnt sein, Ihnen ein letztes Lebewohl zu sagen, so möge solches hiermit geschehen! Bewahren Sie mir ein freundliches Andenken. P. am ersten Ostertage des Jahres 185—."

Diesen Zeilen war ein sauber geschriebenes Manuscript beigefügt. Ich schweige von den Gefühlen, welche diese einfachen Worte in mir hervorriefen und lasse nunmehr statt meiner den abgeschiedenen Freund reden.

Nicht Jedem ward es vergönnt, das, was ihn tiefinnerlichst bewegt, einem theilnehmenden Herzen zu offenbaren. Entweder fehlt es ihm zur Zeit an einem solchen, oder das Gefühl, ein heilig gehaltenes theures Geheimniß durch dessen Mittheilung zu entweihen, und sich eines köstlichen Schatzes für immer zu entäußern, verschließt ihm den Mund. Der letztere Fall ist der meine. Um so mächtiger aber regt sich in mir der Drang, denjenigen Abschnitt meines Lebens, an welchen sich, so kurz er war, meine süßesten wie meine schmerzlichsten Erinnerungen knüpfen, und mit welchem ich einst mein Leben gern abgeschlossen hätte, das, was ich mein Geheimniß nenne, dem Papiere anzuvertrauen, und indem ich diesem Drange folge, will ich Niemandem ein Genüge thun als nur mir selber.

Die Schlacht bei Belle-Alliance war geschlagen, der Friede von Paris geschlossen. Am zwanzigsten Dezember achtzehnhundert und fünfzehn traten wir unsern Rückmarsch aus Frankreich an und am fünfzehnten Januar des folgenden Jahres traf ich mit meinem Bataillon in W. ein, von wo aus wir in die Heimath entlassen wurden. „Grüßet mir Eure Eltern, Eure Geschwister, Eure Weiber, Eure Herzliebsten" lautete das letzte Wort unseres braven Führers. Wir warfen unsere Mützen in die Höhe und riefen Hurrah. Mir aber ging es wie ein Stich durch's Herz: denn ich hatte keinen jener Grüße zu bestellen. Meine Mutter war, ach wie lange! — mein Vater kurz vor unserm Ausmarsche zur ewigen Ruhe eingegangen, Geschwister hatte ich nie besessen, meiner harrte Niemand daheim.

Ich hatte während der Fremdherrschaft eine Friedens-Richterstelle bekleidet, und begab mich jetzt nach P., wo die Reorganisation der Justiz im Gange war, um mich um eine Advocatur zu bewerben. Sie ward mir und ich hatte mich bald einer ausgedehnten Praxis, insbesondere unter dem reichen Adel des ehemaligen Fürstenthums zu erfreuen. Vermöge alter, wenn auch nicht immer erfreulicher Erinnerungen, noch mehr aber in Folge confessioneller Sympathien sich zu Oestereich hinneigend, war derselbe dem neuen Regime nicht sonderlich zugethan. Auch ich galt für Einen der Unzufriedenen und war es auch in der That, wenngleich aus andern Ursachen. Im Jahre 18— wählte mich ein wegen politischer Umtriebe angeklagter Freund zu seinem Vertheidiger. Ich that, was meines Amtes und nach einer halbjährigen Haft ward derselbe, ohne daß von einem Urtheilsspruche etwas bekannt geworden wäre, wieder in Freiheit gesetzt. Der Chef der Justiz hatte sich indeß die Acten einsenden lassen, und nach einiger Zeit erhielt ich ein Rescript, worin mir vorgeworfen und verwiesen wurde, daß ich mich nicht allein ungebührlicher und durchaus ungerechtfertigter Angriffe gegen das von dem Königl. Untersuchungs-Commissar beobachtete Verfahren schuldig gemacht, sondern auch durch mein leidenschaftliches Vorgehen in der Sache selbst den Verdacht auf mich geladen habe, daß ich mich selber zu denjenigen Gesinnungen und Grundsätzen bekenne, wegen deren versuchter Bethätigung mein Client zur Verantwortung gezogen sei, und welche, als den Gesetzen und Institutionen des Staates

zuwider laufend, weder gebilligt noch geduldet werden
könnten. Zugleich wurde mir bemerklich gemacht, daß
man zwar mit Rücksicht auf meine sonstige gute Con=
duite der Sache keine weitere Folge geben wolle, ich
jedoch künftig in ähnlichen Untersuchungssachen als
Vertheidiger nicht eher wieder zugelassen werden könne,
als bis ich mich durch mein ferneres Verhalten von
jenem Verdachte völlig gereinigt haben werde.

Ich will meine Vertheidigungsschrift nicht in Schutz
nehmen; sie hätte mit weniger Leidenschaftlichkeit und
größerer Klarheit abgefaßt sein können, allein ich hatte
darin überall, und insbesondere in Bezug auf das
Verfahren des Untersuchungs=Commissars, meine
Ueberzeugung ausgesprochen, und ich konnte mich daher
bei jenem Erlasse um so weniger beruhigen, als man
mir mein Stillschweigen als ein Anerkenntniß meines
Unrechts oder als ein Verleugnen meiner Gesinnungen
gedeutet haben würde. Ich suchte deshalb in einer
Gegenvorstellung, indem ich die mir schuldgegebene
Leidenschaftlichkeit in Form und Ausdruck einräumte,
den wesentlichen Inhalt meiner Schrift zu rechtfertigen
und bat schließlich, daß man mir in der Ausübung
meiner Praxis keine Schranken setzen möge. Hierauf
erfolgte nach acht Tagen der Bescheid, daß es bei jenem
Erlasse sein Bewenden behalten müsse und ich mich
entweder zu fügen oder mein Amt niederzulegen habe.
Ich wählte das Letztere. Die Sache erregte einiges
Aufsehen im Publicum und ungeachtet die Wenigsten
davon unterrichtet sein mochten, um was es sich
eigentlich handle, so ergriff man dennoch lebhaft für

und wider mich Partei. Die neue Ordnung der Dinge brachte es mit sich, daß Manche, sich auf ihren während der Fremdherrschaft wirklich oder vorgeblich gezeigten Patriotismus berufend, Ansprüche an die Landes-Regierung machten, welche diese nicht so bald, oder nicht in dem beanspruchten Maße befriedigen konnte, und daß die Petenten daher über Ungerechtigkeit oder Undankbarkeit klagten. Die Zahl deren war keine geringe, und Alle sahen mich mehr oder minder als ihren Gesinnungs- und Bundesgenossen an, und legten in einer Weise, die mir oft lästig wurde, nicht allein eine große Verehrung für mich an den Tag, sondern suchten mich auch zum Verfechter und Vertreter ihrer Interessen zu machen. Außerdem hatte ich aber auch die ganze deutschthümelnde Jugend auf meiner Seite und letztere fiel mir nicht weniger mit ihren Ueberschwenglichkeiten und burschikosen Ovationen beschwerlich. Ich billigte wol theilweise ihre Zwecke, soweit sie sich selber darüber klar war, aber nicht ihre Mittel. Meine Gegner bestanden theils aus solchen, welche meine Handlungsweise im Prinzip, theils aus solchen, welche sie um ihrer Folgen willen mißbilligten, und die eher alles Andere begriffen, als wie man ohne anderweite Subsistenzmittel ein einträgliches Amt seiner Ueberzeugung zum Opfer bringen könne. In den Augen dieser würdigen Männer galt ich mindestens für einen ausgemachten Narren, und sie hätten mich, unbeschadet ihrer sonstigen Gutmüthigkeit, mit Vergnügen verhungern und verkümmern sehen. Diese Genugthuung würde ihnen denn auch vielleicht zu Theil geworden sein, wenn ich nicht eben an dem Abel, welcher mich vor wie nach in seinen Rechtsangelegenheiten consultirte, eine Stütze gefunden hätte. Insbesondere sollten die Vorbereitungen zu einem Prozesse, welchen der Graf Hochberg zu Kleinbach gegen einen schlesischen Baron, der eine Anverwandte von ihm zur Gattin hatte, anzustrengen beabsichtigte, bald meine ganze Thätigkeit in Anspruch nehmen. Es handelte sich zunächst darum, in dem gräflichen Archiv gewisse Documente aufzufinden, wodurch der Nachweis geliefert werden sollte, daß ein Lehengut, welches der Baron durch seine Ehe erworben hatte, ursprünglich zwar als ein Kunkellehen verliehen, später jedoch in ein Mannlehen umgewandelt worden, und solches daher beim Absterben des letzten männlichen Besitzers an die Hochbergsche Linie gefallen sei. Zugleich aber ersuchte mich der Graf auch, die Rentei-Rechnungen aus den letzten zehn Jahren einer Revision zu unterwerfen, diesen Auftrag jedoch geheim zu halten. Als ich zum erstenmale, in Begleitung des Grafen, den Schauplatz meiner neuen Thätigkeit, ein düsteres, gewölbtes Gemach, dessen Fenster mit eisernen Gitterstäben versehen waren, betrat, verspürte ich nicht übel Lust, die Uebernahme der mir zugedachten Geschäfte abzulehnen. Denn was man Archiv nannte, war ein wüster Haufen von Actenbündeln und losen modrigen Papieren, welche, theilweise hoch aufgeschichtet, fast den ganzen Boden bedeckten, während die Repositorien und Actenschränke fast ganz leer standen. In dieses Chaos vorerst nur einige Ordnung zu bringen, schien eine herkulische Arbeit zu sein, und allein einen Zeitaufwand von mehren Monaten zu erfordern. Auf meinem Gesichte mochten sich die Zeichen einer unangenehmen Ueberraschung, wo nicht des Schreckens, deutlich genug ausprägen: denn der Graf konnte vor Lachen gar nicht zu Worte kommen, als er mich ansah. Endlich versetzte er:

„So sah es ungefähr in den Köpfen derer aus, welche diese Unordnung angerichtet. Sie wissen vielleicht, daß es uns hier niemals an muntern Gästen gefehlt hat, und mancher tolle Streich, wie Jugend oder Weinlaune ihn angeben, hier verübt worden ist. So kam eines Tages gegen das Ende der Mittagstafel, nachdem wir dem Eilfter weiblich zugesprochen, die Rede auf meine Lehensansprüche und die verwünschten Beweisdocumente, und ich versprach scherzweise mein bestes Pferd dem zum Lohne, welcher mir die letztern herbeischaffen möchte. Es entstand ein großer Tumult unter meinen Gästen, Jeder wollte sein Glück versuchen, und das Archiv mußte ihnen geöffnet werden. Man erstieg die Leitern, zerrte, allen meinen Protestationen zum Trotz, die Acten aus ihren Fächern, warf sich zu ihnen an den Boden, und begann emsig darin umher zu blättern, so daß es sich anhörte, als ob ein Sturm darüber hinfahre und die Blattseiten hin und wider wende. Das währte aber nur eine kurze Weile; bald ermüdete Einer nach dem Andern und Einige schliefen sogar über ihrer Arbeit ein. Ueber letztere wurde ein ganzer Hügel von Papieren aufgethürmt, so daß sie nur das Gesicht frei behielten, und als sie darüber aufwachten, ging der Lärm erst recht los, indem die also Begrabenen mit Händen und Füßen arbeiteten, sich ihrer Last zu entledigen, und man sich zuletzt gegenseitig die Acten an die Köpfe warf. Von daher datirt sich die gegenwärtige Verfassung des Archivs."

Der Graf machte mir nun den Vorschlag, ganz nach Kleinbach überzusiedeln und eine Wohnung im Schloße zu beziehen. Ich hatte dawider nur Ein Bedenken: daß nemlich jenes wüste, durch kein weibliches Wesen gezügelte Treiben, — der Graf war nemlich noch unverheirathet — von welchem er mir eben eine Probe mitgetheilt hatte, wie männiglich bekannt, auch jetzt noch fortdauerte, Zechgelag sich an Zechgelag schloß, und man sich in den tollsten Streichen überbot. Dies Bedenken konnte ich indeß nicht wohl geltend machen, und so ging ich denn auf den Vorschlag ein. Es wurden mir einige Gemächer im obern Theile des rechten Schloßflügels, welcher von einem achteckigen Thurme gebildet wurde, als Wohnung angewiesen, und ich durfte erwarten, daß ich hier von dem Gebahren der gräflichen Gäste ziemlich unberührt bleiben werde. In der That würde ich auch wenig von ihm erfahren haben, wenn ich mich von der herrschaftlichen Tafel hätte ausschließen dürfen. Allein der Graf, welcher meine desfallsige Bitte für einen Ausfluß bürgerlicher Demuth und Bescheidenheit halten mochte, wollte davon nichts wissen, und so mußte ich denn nicht allein oftmals der unfreiwillige Zeuge der tollsten Gelage sein, sondern ich hatte auch, ungeachtet ich mich meiner Haut im Ganzen wohl zu wehren wußte, als der einzig Nüchterne unter lauter Trunkenen von dem Uebermuthe und der Rohheit der letztern gar Manches zu dulden. Ihre Witze und Neckereien waren meist so plumper und geistloser, wenngleich gutmüthiger Art, daß ich mich zu einem Kampfe dawider nur selten aufgefordert fühlen konnte. Ein Korkstöpsel sollte mich indeß auch von dieser Calamität bald befreien. Eines Tages saß mir nemlich ein Junker von der Sorte des Tobias von Rülp — eine Spezies, welche hier überhaupt reichlich vertreten war — an der Tafel gegenüber. Er hatte schon, wer weiß wieviel Flaschen geleert, und all seinen Witz aufgeboten, auch mich zum Trinken zu vermögen. Als er indeß endlich zu der Ueberzeugung kam, daß mit mir lederncm Gesellen nicht viel auszurichten sei, und er sich ganz vergebens abmühe, suchte er sich auf seine Weise an mir zu rächen, indem er der Mündung einer Champagnerflasche beim Entkorken eine solche Richtung gab, daß der Pfropf mir in's Gesicht fliegen mußte, was denn auch geschah. Der Junker wollte sich darüber fast zu Tode lachen, ich aber benutzte diese Gelegenheit, mich ein für allemal von der Tafel loszusagen, indem ich, die Miene eines schwer Beleidigten annehmend, sofort den Saal verließ, und später dem Grafen erklärte, daß ich unter keinerlei Umständen meinen Platz wieder einnehmen werde, vielmehr bitten müsse, daß man mich allein auf meinem Zimmer speisen lasse, wenn ich die begonnene Arbeit zu Ende führen solle. Als der Graf mich so entschieden sah, setzte er mir auch länger keinen Widerstand entgegen, zumal ich auch ihm mitunter ein unbequemer, weil allzu nüchterner Gast gewesen sein mochte. So

dachte ich denn fortan in ungestörter Ruhe und Muße
meinem Tagewerke nachgehen zu können, nicht ahnend,
welche Aufregungen, welche Kämpfe, innere wie äußere,
mir bevorstanden, denn ich kannte damals weder die
Welt, noch — das eigne Herz.

Die Wintermonate vergingen, ohne daß ich, außer
mit dem Grafen, welcher mich dann und wann auf
dem Archiv besuchte, und der alten Haushälterin, welche
sich nicht nehmen ließ, mir, wie früher schon mein
Frühstück, so jetzt auch mein Mittagessen zuzutragen,
mit irgend einem Schloß= oder Hofbewohner in Be=
rührung kam. Denn um mir eine durchaus freie
Stellung zu erhalten, hatte ich mich weder dem Ad=
ministrator, welcher mit seiner Familie ein Nebenge=
bäude des Schlosses bewohnte, noch dem Oberförster,
einem jungen, noch unverheiratheten Manne, vorgestellt.
So flüchtig die Besuche des Grafen waren, welchen
Alles langweilte, was nur irgend einen geschäftlichen
Charakter trug, so sehr pflegte die alte Lisbeth die
ihrigen in die Länge zu ziehen. Nicht allein, daß sie
ihren eigenen Lebenslauf von seinen ersten unschein=
baren Anfängen, nemlich von ihrem vor vierzig Jahren
als Gänsemädchen erfolgten Eintritte in gräfliche
Dienste bis zu ihrer Erhebung zu der Würde einer
Beschließerin mit mehr oder weniger Aufrichtigkeit vor
meinen Augen entrollte, sie weihete mich allmälig auch
in die Geheimnisse, sowie in die ganze chronique
scandaleuse des gräflichen Hauses ein, soweit solches
ohne zu große Verletzung der Ehrerbietigkeit gegen
dasselbe geschehen konnte. So wußte sie mir denn nicht

oft genug zu erzählen, wie der verstorbene Graf, obwol
er sonst ein sehr gütiger Herr gewesen, es noch weit
toller getrieben, als der jetzige, ebensoviel Maitressen
wie Hunde gehalten, mehre Monate des Jahres hin=
durch eine ganze Schauspielerbande bei sich beherbergt
und bewirthet habe, ja in seiner Verschwendung so
weit gegangen sei, daß er mit Kronthalern „Jungfern=
schmeißen" gespielt, so daß man noch lange nachher
beim Ausmodden der Fischteiche die blanken Münzen
gefunden, und daß er seine Pferde mit goldenen Hufen
habe beschlagen lassen. „Und zu all diesen Streichen,"
so schloß sie allemal ihre Rede, „hat ihn der russische
Doctor verführt." Ueber diesen russischen Doctor, den
sie, wenn nicht für den Bösen in Person, doch für
einen seiner vornehmsten Agenten hielt, waren aller=
dings mancherlei Gerüchte im Schwange. Hiernach
hatte er unter Anderm dem Vater des jetzigen Grafen
auf einer Reise in Rußland während einer gefährlichen
Krankheit wesentliche Dienste geleistet, so daß dieser
ihn als Leibarzt mit sich nach Deutschland genommen
habe. Wie es hieß, sollte er jedoch weniger in dieser
Eigenschaft, denn als Genosse der Ausschweifungen
des Grafen thätig gewesen sein, und insbesondere bei
dessen zahllosen Liebesabenteuern den Unterhändler
gespielt haben. Von andern Seiten wurde dagegen
auch diesen Gerüchten widersprochen. Soviel war ge=
wiß, daß der Graf ihm das Gnadenbrod gab und ihm
sehr zugethan war. Wenn man ihn jetzt, ein altes
gebücktes Männlein, in dichte Pelze gehüllt, hüstelnd
über den Schloßhof schreiten oder Sonntags in der

Kapelle inbrünstig seine Andacht verrichten sah, so war man gern geneigt, jene Gerüchte mindestens für übertrieben zu halten. Auch der Administrator stand bei Lisbeth keineswegs in Gunst. Er sei vor fünf und zwanzig Jahren als armer Schlucker, nichts vor sich nichts hinter sich, auf's Schloß gekommen und habe seitdem ein Colonat nach dem andern angekauft, sagte sie, und man müsse ihr nicht weiß machen wollen, daß das mit rechten Dingen zugegangen sei; wenn der Graf seine Augen nicht immer anderswo habe, so müsse er da längst ein Einsehen gethan haben. Wenn sie vollends den Namen des Oberförsters, den sie seiner röthlichen Haare wegen immer nur „den Fuchs" nannte, nur in den Mund nahm, so machte sie dabei allemal die Pantomime des Ausspuckens, während der Pater Crispin, ein ehemaliger Franziskaner-Mönch, welcher die Stelle eines Hausgeistlichen bekleidete, mit einem leichten Achselzucken, das auch seine Sittlichkeit mindestens in Zweifel zog, davon kam. Nur zwei Personen: die junge Comteß, welche sich vor Jahr und Tag an einen ungarischen Grafen verheirathet, und die Tochter des Administrators, welche mit dieser erzogen und ihr auch nach Ungarn gefolgt war, entgingen nicht allein ihrem Tadel, sondern sie hob deren Tugenden und Vorzüge, insbesondere die der Letztern, sogar über das gewöhnliche menschliche Maß hinaus. Diese Beiden waren ja aber abwesend, und so schien denn die alte Lisbeth die einzig reine unter lauter Sündern zu sein.

Ich erinnere mich keines Frühlings, den ich mit

solcher Ungebuld erwartet, und endlich mit solcher
Wonne begrüßt hätte, als den, welcher jetzt seine ersten
Boten in's Land sandte. Vielleicht, weil ihm drei,
auf Märschen, in Kriegslagern und Schlachten, unter
Kanonendonner und Waffengeräusch zugebrachte Jahre
als Folie dienten, oder auch, weil ich ihn inmitten
einer ländlichen Umgebung reiner und unmittelbarer
zu genießen hoffen durfte. Indem ich seinen Spuren,
wie ein Liebender denen der Geliebten, vom ersten
Schneeglöckchen bis zur letzten aufblühenden Heckenrose
nachging, seinem erwachenden Leben vom ersten Drossel=
schlage in laublosen Wäldern bis zum volltönigen
Zusammenklingen all seiner Stimmen lauschte, sah ich
ihn, wie noch nie vordem, gewissermaßen unter meinen
Augen aufwachsen, und es war mir, als ob alle diese
Gärten und Wiesen, diese Felder und Wälder mein
eigen wären. In der That gehörte das Alles auch
mehr mir, als dem Grafen an, denn nur, was man
genießt, besitzt man. Nur Eines war, was ich doch
auf die Dauer immer schmerzlicher vermißte: ein be=
freundetes Wesen, mit welchem ich meine Gedanken
und Gefühle hätte austauschen, das ich hätte Theil
nehmen lassen können an dem, was mich so freudig
bewegte. Wenn irgend ein Genuß uns die Wahrheit
des Spruches: „Getheilte Freud' ist doppelt Freude"
aufdrängt, so ist es der sinnlich=geistige Genuß einer
schönen Natur. Indem er Herz und Seele ausweitet,
läßt er sie ihre Unendlichkeit, ihren Antheil am Gött=
lichen lebhafter empfinden, und ruft damit zugleich in
ihnen ein dunkles Sehnen wach, das nach Befriedigung

lechzt. Das letzte erreichbare Ziel aller Sehnsucht auf Erden bleibt aber doch der Mensch. Ein kräftiger, edel denkender Geist kann wol einen Mitgenossen seines Leibes, aber nicht seiner Freude entbehren.

> Den Kelch, gefüllt mit Freudenwein,
> Den reiche Du von Mund' zu Munde,
> Den Kelch des Schmerzes sollst allein
> Du herzhaft leeren bis zum Grunde.

Doch auch diesem Bedürfnisse sollte bald in etwa abgeholfen werden, und zwar, zum schlecht verhohlenen Aerger Lisbeths, von Seiten einer Person, von welcher ich solches am wenigsten erwartet hätte, nemlich von Seiten des russischen Doctors, welcher, wie ich bald von ihm selbst erfuhr, eigentlich ein Westpreuße von Geburt und als junger Arzt nach Liefland übergesiedelt war. Er hatte sich von Jugend an, außer auf physikalische Studien, mit Eifer auf die Botanik geworfen und suchte auch jetzt noch innerhalb der Schranken, welche ihm die Gebrechlichkeit des Alters auferlegte, diese Neigung zu befriedigen. So traf ich ihn denn nicht selten auf meinen Spaziergängen im nahen Wäldchen, die Botanisirbüchse auf dem Rücken nach Blumen und Kräutern suchend. Jedenfalls ließ er sich dabei mehr von einer lieben alten Gewohnheit, als von einem wissenschaftlichen Interesse leiten, denn ohne Zweifel fand er hier keine Pflanze mehr auf, die er nicht schon in mehren Exemplaren besessen hätte. Ich war schon mehrmals mit einem bloßen Gruße, den er stets sehr freundlich erwiderte, an ihm vorüber gegangen; als ich ihn aber eines Tages, anscheinend

sehr erschöpft, unter einem Baume sitzend fand, konnte
ich nicht wohl umhin, ihn anzureden, und der günstige
Eindruck, welchen sein Wesen auf mich machte, steigerte
sich bei jeder fernern Unterhaltung. Mochte diese Brust
immerhin einmal der Tummelplatz heftiger Leiden=
schaften gewesen sein, jetzt war dort ein heiterer Frie=
den eingezogen, welcher seiner ganzen Erscheinung eine
unbeschreibliche Klarheit und Milde aufgeprägt hatte.
Nur Eines mochte ihm noch von seiner Jugend her
ankleben: eine gewisse Schalkhaftigkeit, eine feine Jro=
nie, welche gelegentlich sowohl in seinen Gesichtszügen
wie in seinen Gesprächen zum Durchbruche kam. Als
ich ihn zum erstenmale auf seinem Zimmer besuchte,
nahm es mich nicht mehr Wunder, daß Lisbeth, dieser
„ahnungsvolle Engel" ihn für eine Art infernalischen
Wesens hielt: denn dies Zimmer sah mit seinen ge=
schwärzten Wänden, seinem verstaubten Hausrath, seinen
Tiegeln, Retorten, Phiolen und sonstigen physikalischen
Apparaten dem bekannten Studirzimmer des Doctor
Faust so ähnlich, daß, wenn Mephisto's Hahnenfeder
plötzlich hinter dem großen, mit einem Medusenhaupte
geschmückten Ofenschirme aufgetaucht wäre, und der
Schalk mir einen schönen guten Morgen geboten hätte,
ich solches ganz in der Ordnung gefunden haben würde.
Selbst die hohen exotischen Gewächse in dem einen
und die Geranien und Primeln in dem andern Doppel=
fenster trugen, als den Raum noch mehr verfinsternd,
nur dazu bei, das Unheimliche des Ortes zu erhöhen.

Wiewol der Doctor sich am liebsten über religiöse
Gegenstände unterhielt, und mit Sorgfalt gesammelt

hatte, was die Weisen aller Zeiten über die höchsten und letzten Dinge gedacht und geschrieben, so war er doch auch eben so wohl mit den Welthändeln wie mit dem, was in seiner nächsten Umgebung vorging, bekannt. Wenn ich meines mühseligen und der Hauptsache nach noch immer erfolglosen Geschäftes erwähnte, schüttelte er allemal lächelnd den Kopf, als wolle er sagen, daß ich da nur leeres Stroh dresche, dagegen schien er das Verhältniß, in welches ich mich zu den übrigen Schloßbewohnern und gräflichen Dienstmannen gesetzt hatte, um so mehr zu billigen, als auch er mit ihnen gar keinen Verkehr pflog. Zu seiner persönlichen Bedienung hatte er nur den alten Leibjäger des verstorbenen Grafen und dieser war es auch ohne Zweifel, welcher ihn über Alles, was sich in Haus und Hof begab, in fortwährender Kenntniß hielt; der Hubert schien aber von Allem sogar noch besser unterrichtet zu sein, als die alte Lisbeth.

Als gelegentlich einmal die Rede auf den Administrator kam, erzählte mir der Doctor, daß in den nächsten Tagen dessen Tochter Luzie, angeblich auf den Wunsch ihrer kränkelnden Mutter aus Ungarn zurückkommen werde. Ich sah zu dieser Nachricht sehr gleichgültig darein, er aber lächelte bedeutsam und sprach:

„Ich weiß nicht, ob Ihr Herz noch frei ist, mein junger Freund, wenn aber, so hüten Sie sich, ihr zu tief in die braunen Augen zu schauen: denn sonst sind Sie ein verlorner Mann und mit Ihrem beschaulichen Leben ist es vorbei."

„Ich habe in Krieg und Frieden schon manche Probe der Art bestanden und fürchte mich weder vor braunen noch blauen Augen," erwiderte ich.

„Ich hätte gewünscht, sie wäre in Ungarn geblieben," fuhr der Doctor ernst fort; „seit die Comteß hier nicht mehr waltet, ist für solche Blumen vollends hier nicht der rechte Boden mehr. Doch, wer weiß, was sie von dort vertrieben!"

Ich hatte diese Aeußerungen des Alten längst vergessen, als mir in der Frühe eines lieblichen Maimorgens im Wäldchen eine junge Dame in einem einfachen lilafarbigen Morgenanzuge, einen Strauß frischer Maiglöckchen in der Hand, begegnete. Ein Gebüsch hatte mir ihren Anblick verdeckt, und als sie mir so unerwartet entgegentrat, fuhr ich unwillkürlich zurück. Sie schritt ruhig an mir vorüber, nachdem sie meinen etwas verlegenen Gruß mit freundlichem Ernste erwidert hatte. So flüchtig auch unser erstes Begegnen war, so hatten sich mir ihre Züge doch so fest eingeprägt, daß ich sie nimmer, und wenn ich sie nie im Leben wieder gesehen hätte, aus der Erinnerung verloren haben würde. Wer, und hätte er auch nur ein einziges Mal die Sonne oder den Mond oder den gestirnten Himmel geschaut, und wäre dann mit ewiger Blindheit geschlagen, würde diesen Anblick je vergessen, wer würde nicht ewig das Bild jener himmlischen Lichter in der Seele bewahren! Nicht, daß ihre Züge von so strahlender Schönheit gewesen wären, — um einem künstlerischen Ideale zu entsprechen, fehlte ihnen vor Allem schon die Regelmäßigkeit — ich meine aber auch gar nicht die äußern Formen ihres Gesichtes, sondern nur seinen geistigen Ausdruck. Ich war nicht Phantast genug, um mir einzubilden, daß es etwa eine Waldnymphe gewesen, welche da an mir vorüber geschwebt sei, demungeachtet aber kam mir das Wäldchen, in welchem ich jeden Baum, jeden Strauch kannte, an jenem Morgen so fremd, so märchenhaft vor, daß ich nach den Elfenringen im Grase hätte suchen mögen. Im Weitergehen sah ich einige Maiglöckchen am Boden liegen, die ihr entfallen sein mußten. Ich hob sie auf, und drückte sie an meine Lippen. Während ich sonst meine Spaziergänge noch weit über die jenseitigen Wiesen auszudehnen pflegte, kam ich jetzt, als ob ich mich in einem Zauberkreise bewege, nicht über den Saum des Wäldchens hinaus. Es war aber auch ein so seltsames, träumerisches Leben und Weben um mich her, die Vögel waren so wunderbar laut und die Blumen dufteten so berauschend und die Sonnenlichter spielten so muthwillig in den Zweigen — ich war wie von einem weiten magischen Netze umstrickt. Endlich durchbrach ich gewaltsam den Zauberbann und eilte heim. Aber auch dort schienen mich seine Fäden noch zu umspinnen. Daß ich der Tochter des Administrators begegnet sei, darüber konnte ich vernünftiger Weise keinen Zweifel hegen; so lange ich aber in dieser Hinsicht noch keine völlige Gewißheit hatte, war meiner Phantasie immer noch einiger Spielraum gestattet. Sie sollte, so wünschte ich, wie „das Mädchen aus der Fremde" mir einstweilen noch ein geheimnißvolles Wesen, losgelöst von allen irdischen Bezügen bleiben.

Als mir daher Lisbeth das Frühstück brachte, fürchtete ich, daß sie sofort mit der Nachricht, Administrators Luzie sei gestern angekommen, herausplatzen werde, allein, so wenig sie mir von ihrer bevorstehenden Rückkehr gesagt, so wenig erwähnte sie auch jetzt ihrer Ankunft. Seit ich mit dem russischen Doctor so häufig verkehrte, schien sie mich ihres Vertrauens nicht recht mehr zu würdigen. Der Zufall wollte, daß ich auch mit dem Letztern in mehren Tagen nicht zusammen traf, und so konnte ich denn meiner Schwärmerei ungestört nachhangen. Je ferner mir jener Morgen rückte, an welchem ich sie gesehen, je mehr verklärte sich mir ihr Bild, mit um so zauberhafterem Glanze umgab es meine Phantasie, und wenn ich in den Maiglöckchen, die ich vom Wege aufgelesen, nicht ein sichtbares Zeichen ihrer Gegenwart besessen, so würde sich mir die ganze Erscheinung wol in ein Traumbild aufgelöst haben.

Seit die Tage wärmer geworden, pflegte ich die ersten Nachmittagsstunden auf einem Hügel des Baumhofes, welchen ein schattiges Gebüsch umgab, lesend zuzubringen. Eines Tages hatte ich mich eben wieder dort niedergelassen, als ich in meiner Nähe einen weiblichen Schrei vernahm. Ich eilte den Hügel hinab und es bot sich mir ein Schrecken erregender Anblick dar. Auf dem Rasen lag, gleich einer Leiche hingestreckt, eine ältliche Dame, in welcher ich bald die Frau des Administrators erkannte, und neben ihr kniete, bemüht das Haupt derselben zu stützen, die Waldjungfrau.

„Eine Ohnmacht?" fragte ich herantretend.

Sie zuckte die Schultern und erwiderte kaum hörbar: „Rufen Sie den Doctor, wenn ich bitten darf."

Ich rannte davon, und als ich den Alten, den ich schlummernd in seinem Lehnsessel fand, von dem Geschehenen in Kenntniß setzte, entgegnete er gelassen:

„Es wird ihr gewöhnlicher Starrkrampf sein und dagegen ist nicht viel auszurichten. Gehen Sie inmittelst zum Hause des Abministrators und sorgen für eine Tragbahre, ich werde Ihnen gleich nachfolgen."

Es war das erstemal, daß ich die Wohnung des Letztern betrat. Eine Magd verwies mich in seine Schreibstube, und als ich ihn von dem Vorfalle benachrichtigte, versetzte er, seine Feder hinter's Ohr schiebend, mit wo möglich noch größerer Ruhe, als der Doctor, jedoch zugleich in einem unwilligen Tone:

„Sie hat einmal wieder ihre Krämpfe; — immer zur ungelegenen Zeit, alle Knechte sind in der Arbeit."

„Ich stehe zu Ihren Diensten," versetzte ich, „weisen Sie mir nur eine Tragbahre an, und ich werde sie mit Hülfe der Magd schon hierher schaffen."

Er lehnte mein Anerbieten höflich ab, ließ es aber dennoch geschehen, daß ich mich mit Magd und Bahre auf den Weg machte, während er langsam hinterbrein ging. Wir kamen mit dem Doctor gleichzeitig zur Stelle. Er untersuchte den Puls der noch immer starr und leblos da Liegenden, und fand seine Vermuthung bestätigt. Luzie, welche mit ängstlicher Spannung in seinen Mienen geforscht hatte, athmete erleichtert auf und warf mir einen dankbaren Blick zu. Dann umfaßte sie, ihren Vater, welcher mit Hand anlegen wollte, zur Seite schiebend, die Füße der Mutter, während ich derselben unter die Arme griff, und so legten wir die Kranke auf die Bahre und trugen sie in's Haus. Auf dem Wege dahin begegnete uns der Oberförster. Er wollte ihr die Bürde abnehmen, aber sie wies seine Hülfe fast unfreundlich zurück. Nachdem wir die Mutter auf ein Ruhebett gelegt hatten, dachte ich mich unvermerkt zu entfernen; Luzie eilte mir jedoch bis an die Hausthür nach, und versetzte, mir ihre Hand reichend:

„Ich hoffe in einigen Tagen wird die Mutter wieder hergestellt sein, und dann geben Sie ihr wol selbst Gelegenheit, Ihnen für Ihre Freundlichkeit zu danken."

Jetzt empfand ich es als einen argen Verstoß gegen die Höflichkeit, daß ich ihrem Vater nicht einmal einen Besuch abgestattet hatte und ich glaubte in ihren Worten einen leisen Vorwurf zu erkennen. Wenngleich ich sonst in ähnlichen Situationen die Geistesgegenwart nicht so leicht verlor, so fühlte ich mich doch in diesem Augenblicke ihr gegenüber so verwirrt, ja beschämt, daß ich kaum etwas zu erwidern wußte, sondern mit einer stummen ungeschickten Verbeugung davon ging. Auf meinem Zimmer angelangt, begann ich wider mich selbst zu wüthen und mich mit Scheltworten zu überhäufen, wie kein Schulmeister sie je im höchsten Aerger an mich verschwendet hatte. Ich war stets unbekümmert um den Eindruck gewesen, den ich bei Andern hervor bringen mochte, und hatte dadurch vielleicht eben so oft für, als wider mich eingenommen; hier hätte ich mich aber einmal gern von meiner vortheilhaftesten Seite gezeigt, und ich hatte mich so gar täppisch benommen, wie noch nie. Es kamen mir jetzt zehn vernünftige Antworten für Eine in den Sinn, und dies verstärkte nur noch meinen Aerger. Es ist gewiß wahr, daß wir uns lieber auf einer moralischen Schwäche, als auf einer Dummheit ertappen lassen. Es war mir, als ob ich eine Schmach auf mein Haupt geladen, von der ich mich um jeden Preis so bald als möglich reinigen müsse. Zur Arbeit fühlte ich mich nicht aufgelegt; statt zu ordnen, hätte ich Alles in Verwirrung bringen mögen; allein wie ich mich vorhin gescholten, so legte ich mir jetzt die Arbeit als Strafe auf, und fand darin bald einige Beruhigung. Als es indeß zu dunkeln begann, trieb es mich, den Doctor aufzusuchen. Es war mir nicht entgangen, daß er Luzien noch mit dem traulichen Du angeredet hatte, und daß auch sie ihm wie einem väterlichen Freunde begegnet war. Diese Wahrnehmung befreite mich nicht allein vollends von jedem Mißtrauen, welches ich noch in die Lauterkeit seines Charakters setzen mochte, sondern sie regte in mir auch den Wunsch auf, zu ihm in ein ähnliches Verhältniß zu treten. Es war mir ein süßer Gedanke, mich mit Luzien durch ein Drittes verbunden zu wissen.

„Wie haben Sie die Kranke verlassen?" fragte ich, in sein Zimmer tretend.

„Wie ich sie gefunden?" erwiderte er. „Der Krampf hält bei ihr gewöhnlich vier und zwanzig Stunden an; es kann aber auch einmal der Fall eintreten, daß sie daraus nicht wieder erwacht, und es wäre vielleicht für sie zu wünschen."

Bei diesen letzten Worten erinnerte ich mich, von Lisbeth einmal vernommen zu haben, daß der Administrator mit seiner Frau in Unfrieden lebe, und dessen eingedenk, fragte ich, ob ihre Ehe etwa keine glückliche sei?

„Wenn sie sich an der Ehe versündigt, so kann man wol sagen, daß sich diese grausam an ihnen gerächt hat," entgegnete er ernst und fuhr dann nach einer Pause fort:

„Ich will Sie nicht mit Räthseln quälen, nicht geheimnißvoll mit einer Thatsache thun, die ohnehin offenkundig genug ist, jedoch schon zu weit in der Vergangenheit liegt, als daß Jemand noch ein Aufhebens davon machen sollte. Hätten Sie die junge Comteß gekannt, so würde auch Ihnen die Aehnlichkeit zwischen ihr und Luzien wol schwerlich entgangen sein. Sie ist nur eine unglückliche Bestätigung dessen, was man sich schon vor Luzien's Geburt in's Ohr flüsterte: daß Letztere nemlich eine Tochter des verstorbenen Grafen sei."

„Also im Ehebruch erzeugt!" rief ich schmerzlich bewegt aus.

„Das nicht," entgegnete der Doctor. „Der Graf war eben Wittwer geworden, Luziens Mutter aber noch nicht Gattin; um jedoch ihre Schmach zu verdecken, hat jener sie an den Administrator verheirathet, und dadurch den Grund zu dessen späterem Wohlstande gelegt. So haben Beide ihre Ehe aus unsittlichen

Motiven geschlossen. Sie freilich nur, um vor der Welt nicht als eine Gefallene zu erscheinen, er aber, um sich zu bereichern. Weiter geht indeß auch die Schuld der Frau nicht: denn sie hat redlich das ihrige gethan, sich durch treue Erfüllung ihrer Pflichten die Achtung und Liebe ihres Mannes zu gewinnen; dieser hat jedoch beharrlich seine Augen wider ihre Vorzüge verschlossen, und in ihr, wenngleich selber von lockern Sitten, nie etwas anderes erblickt, als die frühere Metze des Grafen, was sie doch in der That˙ niemals gewesen ist. So lange der Graf lebte, hat er allerdings seinen Haß in so weit unterdrückt, daß er wenigstens die öffentlichen Auftritte vermieden, nach dessen Tode aber ließ er seiner rohen Natur die Zügel schießen und sie ist seitdem keinen Tag vor seinen Mißhandlungen sicher. Daher auch die Starrkrämpfe!"

„Und Luzie? —" fragte ich.

„Wurde glücklicherweise bald der Liebling ihres Vaters, welcher überhaupt von da ab, und je mehr die Comteß heran wuchs, allmälig in andere Bahnen einlenkte. Er ließ Beide zusammen erziehen, und hielt jene fast wie sein rechtmäßiges Kind, so daß Luzie vor den schädlichen Einflüßen, welche der Unfriede ihrer Eltern auf ihre sinnige, edel angelegte Natur unfehlbar würde ausgeübt haben, bewahrt worden ist. Auch ihre Zukunft hat er durch ein ansehnliches Legat sicher gestellt."

„Weiß Luzie um ihre Herkunft?"

„Sie scheint bis jetzt noch keine Ahnung davon zu haben, und es ist ihr eben so unerklärlich wie schmerz=

lich, daß ihr vermeintlicher Vater so wenig Liebe für sie zeigt, und sie eben so wenig für ihn empfindet."

„Und dennoch ist sie aus Ungarn hierher zurückgekehrt! —"

„Ueber die Gründe habe ich selbst nur eine Vermuthung. Es soll auf den Wunsch der Mutter geschehen sein, sagt man; ich aber glaube, daß der heißblütige Magyare sie noch reizender gefunden hat, als seine eigene, etwas ältere Gemahlin, und daß er ihrer Tugend Fallstricke gelegt und die Taube verscheucht hat: denn als sie mich gleich nach ihrer Rückkehr besuchte, und ich meine Verwunderung darüber äußerte, schauderte sie zusammen und erwiderte mir nur mit einem schmerzlichen Seufzer. Nun, jedenfalls wird sie ihrer Mutter kein geringer Trost, vor Allem aber ein großer Schutz sein: denn ihre angeborne Würde, ihre sittliche Reinheit und ihr energischer Charakter verfehlen auch auf den Administrator ihre Wirkung nicht. Er liebt sie nicht, aber er achtet und fürchtet sie. Doch, ich will noch einmal hinüber gehn und nach der Kranken schauen."

Der Doktor ging und ich begab mich auf mein Zimmer, um die mannichfachen Eindrücke dieses Tages still in mir zu verarbeiten. Ich hatte eine dunkle Ahnung davon, daß eine Epoche meines Lebens sich abgeschlossen habe, und eine andere beginne. Luzie war aus der fernen Wolkenglorie, aus der strahlenden Hülle, womit meine Phantasie ihr Bild umkleidet hatte, mir menschlich näher getreten und mein Herz war ihr entgegen geflogen. Der Makel, welcher ihrer Geburt

anklebte, weit entfernt, meiner Neigung zu ihr Abbruch
zu thun, erhöhete nur noch mein Interesse für sie.
Ihr vermeintlicher Vater hatte mir einen entschiedenen
Widerwillen eingeflößt, und ich freute mich, zu wissen,
daß sie nicht die Tochter dieses Mannes sei. Mit dem
Fehltritte der Mutter söhnte mich deren späterer Lebens=
wandel sowie ihr Leiden aus, und ihr Geschick erregte
meine innigste Theilnahme.

Die letzten Worte, welche Luzie zu mir gesprochen,
lagen mir fortwährend im Sinne und ich brannte vor
Ungeduld, den Eindruck, welchen mein ungeschicktes
Benehmen bei ihr hinterlassen haben mochte, zu ver=
wischen, ehe er Zeit gewann, sich ihr fester einzuprägen.
Dann aber beunruhigte mich auch die vom Doctor ausge=
sprochene Vermuthung, daß der ungarnsche Graf Luzien
nachgestellt habe, indem ich daran die Besorgniß
knüpfte, daß auch er ihr vielleicht nicht gleichgültig
geblieben sein und nicht allein ihre Unschuld, sondern
auch ihr Herz gefährdet haben möge. Unter solchen
Gedanken und Empfindungen legte ich mich zur Ruhe,
ohne sie jedoch zu finden. Nachdem ich einige Stunden
vergebens den Schlaf gesucht, erhob ich mich wieder
von meinem Lager und lehnte mich zum Fenster hinaus.
Der Frieden einer klaren duftigen Mainacht wehte
mir entgegen. Nur das leise Geplätscher des Spring=
brunnens inmitten des Schloßhofes und fernher der
Schlag einiger Nachtigallen in den Gebüschen um den
Fischweiher war hörbar in der Stille. Ueber der
Linde vor der Schloß=Kapelle stieg der Vollmond empor
und sie warf ihre breiten träumerischen Schatten weit

in den Hof hinein, während hinter den Fenstern des Kirchleins der matte Schimmer des „ewigen Lichtes" unsicher auf und nieder schwankte. Auch in dem Hause des Administrators brannte hinter niedergelassenen Vorhängen noch ein trübes Licht. Dort wacht Luzie bei ihrer kranken Mutter, dachte ich und versetzte mich im Geiste an ihre Seite. Der Mond stieg höher und höher, der Schatten der Linde verkürzte sich immer mehr und mehr und die Strahlen des Springbrunnens leuchteten geisterhaft durch die stille Nacht. Ein Käutzchen strich hart an mir vorüber, so daß ich das Wehen seiner Flügel spürte, und flog schreiend dem Wäldchen zu. Luzie wird sich gewiß davor erschrecken, sagte ich mir. Mich fröstelte; ich schloß das Fenster und suchte wiederum mein Lager. Aber erst gegen Morgen verfiel ich in einen leisen Schlummer, aus welchem mich bald einer jener Träume aufscheuchte, welche nach der Lehre der Alten aus einem elfenbeinernen Thore der Götterwohnung herausgingen, und der mir wol eben deshalb, und weil die Bilder der jüngsten Vergangenheit sich mit ihm verwoben, noch frisch im Gedächtniß geblieben ist. Mir war, als ob ich nach langer, mühsamer Wanderung durch allerlei seltsame Gegenden in tiefster Ermüdung heimgekehrt, und nun beim Einbruche der Nacht vor dem Schloßhofe angelangt sei. Die Zugbrücke ließ sich von selber vor mir nieder, und als ich den Hof betrat, sah ich die Fenster der Kapelle von einem ungewöhnlichen Glanze erhellt. Ich öffnete ihre Thür und mich umfingen die Hallen eines ungeheuern Tempels, welcher sein Licht von einer einzigen, über dem Hochaltare kreisenden, blutrothen Kugel empfing. Riesige Palmbäume bildeten seine Säulen und ihre Wipfel wölbten ihm das Dach, der Boden aber war anzuschauen wie ein grüner Wiesenteppich, mit den buntesten Blumen besäet. Unter andächtigen Schauern näherte ich mich dem Hochaltare. Eine Hebe, gleich der wie sie den Corridor des Schlosses zierte, neigte sich von ihm zu mir herab und reichte mir ihre Schale entgegen. Ich fühlte einen brennenden Durst, und wie ich die Stufen des Altars hinan eile, um zu trinken, hemmt, dem Boden entsteigend, ein Sarkophag meine Schritte. Ich stoße in tödtlicher Angst den Sargdeckel zurück, und vor mir liegt Luziens Mutter und der Pater Crispin kniet betend zu ihren Häupten. Auch ich lasse mich am Sarge nieder und wie ich der Todten in's Antlitz schaue, da schlägt sie die Augen auf und schließt sie wieder, aber es waren nicht ihre, es waren Luziens Augen. Ich werfe mich händeringend über sie und bedecke ihr Angesicht mit tausend Küssen; da erhebt sich der betende Mönch und stößt mich mit starken Armen hinweg von der Leiche und ich ringe mit ihm auf Tod und Leben. Ein Schrei schlägt an mein Ohr, ein Schrei, wie ich ihn Tags zuvor aus Luziens Munde vernommen und ich erwache, in Schweiß gebadet.

In einer Stimmung, welche solcher Nacht nothwendig folgen mußte, erhob ich mich. War, was der Doctor als möglich bezeichnet hatte, diesmal vielleicht eingetreten? War aus dem Starrkrampfe der Tod geworden? — Ich schaute auf den Hof hinab und hinüber zum Hause des Administrators, aber nichts Ungewöhnliches fiel mir in's Auge. Die Magd klopfte vor der Thür einen Teppich aus und ein gräflicher Bedienter schäkerte mit ihr. Der Springbrunnen plätscherte munter im Sonnenlicht, auch die Kapelle lag da, wie immer im Schatten ihrer Linde, und wußte nichts von meinem Traume, der ihre bescheidenen Räume in die Hallen eines stolzen Domes umgewandelt hatte. Trotzalledem hätten jene Mauern drüben eine stille blasse Leiche bergen können.

„Das heiß' ich geschlafen; jetzt komme ich zum drittenmale mit dem Kaffee," schalt Lisbeth, in's Zimmer tretend. „Sind Sie vielleicht unpaß?"

„Ich habe eine schlechte Nacht gehabt, weiter nichts," erwiderte ich.

„So trinken Sie rasch eine warme Tasse, das wird Sie wieder munter machen," versetzte sie. Dann verließ sie mich.

Am Nachmittage sah ich den Doctor aus dem Hause des Administrators kommen. Ich ging ihm wie zufällig entgegen, weil ich ihm meine Theilnahme für die Kranke nicht allzu sehr verrathen wollte. Sie war aus dem Starrkrampfe erwacht und fühlte sich, wie immer nach einem solchen Anfalle, nur noch sehr matt.

„Darf sie Besuch annehmen?" fragte ich in möchlichst gleichgültigem Tone.

Der Doctor sah mich forschend an.

„Ich halte es doch für eine Pflicht der Höflichkeit," fügte ich hinzu, „mich einmal persönlich nach ihrem Befinden zu erkundigen."

„Erfüllen Sie diese Pflicht," entgegnete er, „es wird ihr wohl thun: denn an solche Aufmerksamkeiten ist sie nicht gewöhnt. Aber warten Sie noch bis Uebermorgen."

„Ich kann auch noch länger warten, wenn Sie's für besser halten," erwiderte ich.

Der Doctor lächelte und wiederholte: „Bis Uebermorgen."

Die Frist war abgelaufen, und klopfenden Herzens machte ich mich um die Mittagsstunde nach dem Hause des Abministrators auf. Als ich den Flur betrat, kam er mir aus seiner Schreibstube entgegen. Ich hatte mir vorgesetzt, meine Antipathie gegen ihn nach Kräften zu bekämpfen: denn wenn ich mit seiner Familie einen Verkehr anzuknüpfen wünschte, so mußte ich zuvor doch auch zu ihm in ein leibliches Verhältniß treten. Daß er seine Frau mißhandelt, zeugt allerdings von einer rohen Natur, sagte ich mir, aber dem Grunde nach auch von einem sittlichen Gefühl, welches die ihm angethane Schmach einmal nicht verwinden kann. Auch muß ein Mann, dem das gräfliche Haus durch so viele Jahre sein Vertrauen geschenkt, doch auch seine schätzenswerthen Seiten haben; wem aber, den das Glück begünstigt, fehlte es wol an Neidern! Also weg mit allen Vorurtheilen! Ich will nicht eher verdammen, als bis ich selbst geprüft habe.

Der Abministrator schien meinen Besuch erwartet zu haben. Er hieß mich freundlich willkommen, und führte mich sofort zu seiner Frau. Diese erhob sich mit einiger Anstrengung von ihrem Sopha und reichte

mir eine jener weißen, bleichen Hände entgegen, von
benen man sagt, daß sie so weiß und so bleich seien,
weil sie Nachts auf kranken Herzen ruhen. Er legte
seine Hand auf ihre Schulter und sprach einige
freundliche Worte zu ihr, aber ein scheuer Blick und
ein müdes Lächeln war Alles, was sie darauf erwiderte.
Luzie wies mir einen Stuhl an und, wie natürlich,
bewegte sich unsere Unterhaltung zunächst um den
Zustand der Mutter.

„Sie soll mir diesen Sommer in's Bad," versetzte
der Administrator, „damit sich ihre Nerven wieder
stärken: denn darin beruht ihr ganzes Uebel. In
einer Wirthschaft wie die unsrige fällt Manches vor,
was Einem den Kopf warm —"

„Und das Herz kalt macht," sagte Luzie leise vor
sich hin. Die Mutter sah erschrocken zu ihr auf, und
der Administrator wiederholte lachend:

„Und das Herz kalt, ja freilich, sonst würd' es ja
häufig auch gar nicht zum Aushalten sein."

Darauf kam er auf mein Geschäft zu reden, und
meinte, daß es ein sehr undankbares sei und wol zu
keinem Resultate führen werde. Das Archiv habe von
jeher Jedem offen gestanden, der dort etwas habe su=
chen wollen, und wer könne wissen, wie die Documente,
deren Existenz überhaupt nur auf einer Tradition be=
ruhe, verschleudert worden. Er habe deshalb auch dem
Grafen wiederholt erklärt, daß er jede Verantwortlich=
keit für etwa fehlende Schriftstücke von sich ablehnen
müsse, „und bei dieser Erklärung," fügte er mit einer
gewissen Aufregung hinzu, „muß ich auch noch heute
und für immer beharren."

Der Jurist zupfte mich bei dieser Erklärung am Kragen und wollte mir etwas in's Ohr flüstern, allein ich gab ihm kein Gehör und versetzte:

„So habe ich doch wenigstens das Archiv wieder in einige Ordnung gebracht und das mag mir genügen." Daß ich auch, die Rechnungen zu revidiren, beauftragt war, durfte ich ja überhaupt nicht, und am wenigsten ihm verrathen. Der Administrator wurde von der Magd heraus gerufen, und mit seiner Entfernung schien in die Frauen, welche an der Unterhaltung fast gar keinen Theil genommen hatten, plötzlich ein anderer Geist zu fahren. Die Kranke richtete sich empor, als ob sie sich eben von einem schweren Drucke befreiet fühle, und beide Frauen zeigten sich, Jede in ihrer Art, munter und gesprächig, wiewol Luzien ein gewisser wehmüthiger Ernst nicht verließ. Zwischen Mutter und Tochter machte sich in jeder Beziehung ein großer Unterschied bemerkbar. Wenn jene das frühere Kammermädchen nicht ganz verleugnen konnte, so verrieth diese bei aller Einfachheit doch eine so sichere gediegene Bildung, einen so feinen vornehmen Takt, daß man, um solches erklärlich zu finden, eben wissen mußte, daß sie mit einer Grafentochter aufgewachsen war, und mit dieser fast alle Vorzüge einer hohen Geburt und einer sorgfältigen Erziehung getheilt hatte. Demungeachtet schien sie sich ihrer Mutter gegenüber ihrer Ueberlegenheit entweder nicht bewußt zu sein, oder sich derselben absichtlich zu begeben. Denn nicht allein, daß sie jener, die anscheinend etwas geschwätziger Natur war, stets das Wort ließ, sie legte auch in ihre Reden, so oft sie solche an die Mutter richtete, immer nur den Ausdruck einer kindlichen Ergebenheit. Die Liebe glich auch hier alle Unterschiede aus.

„Sie haben hier bisher recht wie ein Einsiedler gelebt, wie ich höre, und nur mit dem Doctor einigen Umgang gepflogen," nahm sie nach einer kurzen Gesprächspause wieder das Wort.

„Nach einer Reihe bewegter Jahre thut mir die ländliche Stille und Einsamkeit gar wohl. Ich habe noch Manches nachzuholen, noch Manches wieder in's Gleiche zu bringen," entgegnete ich.

„Sie haben die Freiheitskriege mitgefochten?" fragte sie lebhaft.

Ich bejahete solches und fuhr fort:

„Das Soldatenleben im Kriege, zumal in einem solchen, wo es sich um die heiligsten Güter handelt, hat freilich manche erhebende Momente, nicht allein in der Idee, sondern auch in der Wirklichkeit, Momente, in denen sich unsere edelsten Seelenkräfte zu einer Macht vereinigen, welche in ihrer Unwiderstehlichkeit Wunder zu wirken vermag; allein Krieg ist Krieg, und der Haß spielt auch in dem gerechtesten, ja in diesem vor Allen, eine gewichtige Rolle. Wo diese Leidenschaft aber zu lange ein Gemüth beherrscht, verwildert sie auch das beste."

Sie glaubte dem in Bezug auf meine Person widersprechen zu müssen, und ich entgegnete:

„Ich will auch nicht behaupten, daß aus mir bereits ein roher Kriegsgeselle geworden, und daß mir aller Sinn für die zarteren Beziehungen des Lebens abhanden gekommen sei, indeß habe auch ich manchen abgerissenen Faden wieder anzuknüpfen, und ein solches Werk vollzieht sich am Besten in der Stille."

„Luzie, müssen Sie wissen, ist keine Freundin der Einsamkeit, wiewol sie auf dem Lande groß geworden," fiel die Mutter ein.

„Ich kann nicht leugnen," versetzte Luzie, „daß es mir Bedürfniß ist, mich unter Menschen zu bewegen, um mir meinen Sinn frisch und heiter zu erhalten, und daß ich Ruhe und Einsamkeit gern auf diejenigen Stunden beschränke, welche uns von der Natur dafür angewiesen sind."

„Unsere Bauern, eine halbe Meile in der Runde, könnten Ihnen davon erzählen," versetzte die Mutter lächelnd, „da ist kein Kotten, keine Löhnerhütte, in welcher sie nicht zu Hause wäre, und wo sie einen Kranken weiß —"

Hier fiel Luzie der Schwätzerin etwas unwillig in's Wort, und sprach:

„Die Mutter übertreibt; das Wahre an der Sache ist: daß ich mich in Ermangelung anderer Gesellschaft dann und wann auch gern einmal mit dem Land= manne unterhalte, und mich an seinen gesunden An= sichten mitunter erbaue."

In diesem Augenblicke trat der Administrator wie= der in's Zimmer und als ich mich bald darauf empfahl, bemerkte er scherzend:

„Nun wissen Sie den Weg zu unserm Hause, und ich denke, Sie vergessen ihn nicht wieder; Sie werden mir und den Meinigen ein stets willkommener Gast sein."

Ich blickte Luzien forschend an, begegnete aber einem gesenkten Auge. Als ich zum Hause hinaus trat, ging der Oberförster in Begleitung seiner beiden Hunde — sie erinnerten mich immer an Mephisto's Raben — an mir vorüber, und mir war, als ob ich ihn in einiger Entfernung hätte höhnisch auflachen hören. Ich konnte mich freilich auch täuschen, aber wie mir dieser Mensch mit den rothen struppigen Haaren und den kleinen grauen lauernden Augen in dem von Sommersprossen bedeckten Gesichte überaus widerwärtig war, und es mir allemal unheimlich zu Sinne ward, so oft ich in seine Nähe kam, so mochte er auch gegen mich etwas Aehnliches empfinden. Uebrigens theilte auch der Doctor dies Gefühl mit mir.

In den nächsten Tagen bemächtigte sich meiner eine dumpfe trübe Stimmung, die immer mehr Gewalt über mich gewann, je ernstlicher ich sie zu bekämpfen suchte. Wie es schien, wurde mein Geschäft von allen Seiten als ein unnützes angesehen, und ich selbst konnte mich des Gefühles, daß ich eine Art von geschäftigem Müssiggänger, und die Thätigkeit, in welcher ich begriffen, meiner unwürdig sei, nicht mehr erwehren. Auch meine Zukunft begann mir Sorge zu machen; ich sah sie mehr denn je auf's Ungewisse gestellt, und ich war geneigt, den Philistern, welche mich wegen meines Rücktrittes vom Amte einen Thoren gescholten, nicht ganz Unrecht zu geben. War ich nicht vielleicht zu rasch einem falschen, oder doch übertriebenen Ehrgefühle gefolgt, und war denn meine jetzige Stellung eine so ehrenvolle? — In den öffentlichen Blättern war schon einmal von einem Wechsel in der Person des Justiz‌ministers die Rede gewesen, und ich fing an, auf seinen Nachfolger einige Hoffnung für mich zu bauen. Auf die Advokatur hatte ich freilich einmal verzichtet, aber weshalb sollte ich nicht wieder ein Richteramt über‌nehmen, zumal unter einem andern Chef! — Dann aber regte sich auch wieder der alte Trotz in mir, welcher an jenem Entschlusse doch auch seinen Antheil gehabt hatte, und mein Stolz erhob sich wider den Gedanken, in die Dienste eines Staates zu treten, in welchem ich fortwährend so Manches geschehen sah, was meinen Gesinnungen durchaus widersprach.

Ich konnte meinen Trübsinn dem Doctor nicht wol verbergen, allein wenn er ihn in seinen Gründen auch zu billigen schien, so pflegte er doch meinen Klagen nicht selten ein stilles schalkhaftes Lächeln entgegenzu‌setzen, was meinen Unmuth nur noch mehr reizte. Als ich eines Abends nach einem ernsten Gespräche über sein Lieblingsthema: die Grundwahrheiten des Christenthums und dessen Verheißungen in Bezug auf das Jenseits schließlich wieder auf das zurückkam, was ich meines Theils von diesem Leben zu erwarten habe, und mich in den alten Klagen über getäuschte Hoff‌nungen, über verfehlte Ziele erging, neigte er sich zu mir, faßte meine beiden Hände und sprach:

„Mein lieber junger Freund, muß Ihnen denn ein Greis das Räthsel Ihres Herzens lösen? Hören Sie einmal auf, sich selbst zu täuschen, mich täuschen Sie nicht. Noch sind Sie um keine Hoffnungen betrogen, noch haben Sie keine Ziele verfehlt. Sie träumen, wie jener Jüngling in der Neujahrsnacht, nur den Traum eines Unglücklichen. Schütteln Sie ihn ab und schauen klaren Auges in's Leben. Wer war es, der sich einst an dieser Stelle vermaß, gewisse Proben zu bestehen, und sich weder vor braunen noch blauen Augen zu fürchten! Jetzt haben es ihm doch, meiner Warnung zum Trotz, ein paar braune angethan. Nun, hab ich's getroffen?"

„Ja," erwiderte ich nach einigem Besinnen, „Sie haben es getroffen," und Centnerlasten rollten von meinem Herzen hinweg. Ich sprang auf und umarmte den Alten.

„Gut!" fuhr er fort. „Nun aber auch weg mit allem Zagen und Klagen, mit allem Wanken und Schwanken! Dort ist das Ziel und hier ist der Weg. Schaffen Sie sich vor allen Dingen wieder einen festen Boden unter die Füße. Wenn es im Staate nicht immer so musterhaft hergeht, wie es nach Ihrer Meinung sollte, würde es besser werden, wenn alle die, welche mit Ihnen ähnlich denken, ihm den Rücken kehrten und ihm ihre Dienste entzögen? Wollen Sie nicht gewissenhafter, nicht ehrlicher, nicht edler sein wie Tausend Andere. Ich würde Ihnen selbst nicht rathen, sich zu einem Collegen des Herrn von *** machen zu lassen, zu einem Louvois oder Talleyrand sind Sie einmal verdorben und einem Marquis Posa gegenüber ist jeder Fürst ein Don Philipp; aber was hindert Sie, wieder eine Anwalt- oder eine Richterstelle zu übernehmen! Wenn Sie keine Demagogen vertheidigen sollen, so überlassen Sie diese ohnehin undankbare Arbeit einem Andern, und als Richter haben Sie es ja nur mit dem Gesetze und Ihrem Gewissen zu thun. Und wenn die Welt aus ihren Fugen ginge, wer nicht, wie der unglückliche Dänenprinz, berufen ist, sie wieder einzurenken, der sitze ruhig auf seiner Scholle und sehe zu, wie solches Andern gelingen möge."

„Wenn ich nun aber diesen Beruf in mir fühlte!" wandte ich scherzend ein.

„Das wäre freilich ein Anderes," entgegnete er, „aber dann werden Sie ihm auch Ihre Liebe zum Opfer bringen."

„Und mit einem Amte, meinen Sie, würde mir auch Luziens Herz zufallen?"

„Von ihrem Herzen ist hier nicht die Rede. Wie Sie das gewinnen, dazu werden Sie eines Rathes nicht bedürfen, und bedürften Sie dessen, so würden Sie es sicher nicht gewinnen. Sie wollen ja aber, denk ich, nicht blos ihr Herz, sondern auch ihre Hand; um aber die zu erlangen, werden Sie auch noch Andern gefallen müssen, als ihr. Im Interesse ihres Vaters — denn als solcher gilt der Mann ihrer Mutter doch nun einmal vor dem Gesetze — liegt es nicht, daß sie sich verheirathet: denn von da ab verliert er die Zinsen ihres Legates. Einem Manne ohne gesicherte Existenz, blos mit Staats- und Weltverbesserungs-Träumen im Kopfe, würde er aber mit Fug die Hand seiner Tochter versagen können. Das ist es, was ich Ihnen zu bedenken gebe."

Die Schloßuhr schlug neun.

„Und nun gute Nacht, mein Freund," fuhr er, sich erhebend, fort, „meine siebenzig Jahre gemahnen mich, den Schlaf zu suchen. Gute Nacht! Und wenn es Ihnen einmal wieder zu voll um's Herz ist und Sie gern von ihr reden oder von ihr hören möchten, so suchen Sie den Alten auf. Ich kann freilich nicht mehr mit Ihnen schwärmen, aber Ihnen doch manch Liebes und Gutes von ihr erzählen, denn ich habe sie als Kind auf meinen Armen und stets in meinem Herzen getragen."

Ich ging und fühlte mich geistig genesen. Ein Entschluß war in meiner Seele gereift. Freilich hatte mir der Doctor einen Kampf in Aussicht gestellt, aber fallen uns die höchsten Güter des Lebens denn ohne Kampf zu! Das mühelos Errungene ist meist ein unsicherer Besitz.

Andern Tags besuchte mich der Graf einmal wieder im Archiv. Ich hatte fleißig aufgeräumt. Die Acten lagen größtentheils geordnet wieder in ihren Fächern und ein neu angelegtes Repertorium wies genau die Stelle nach, wo jedes Stück zu finden war. In dem Maße aber, in welchem der Haufen der noch ungeordneten Papiere sich verminderte, verminderte sich allerdings auch die Hoffnung, die Documente aufzufinden, zumal mir bereits ein Actenstück, das streitige Lehengut betreffend, in die Hände gefallen war, ohne daß solches auf irgend eine Spur geleitet hätte. Der Graf zeigte sich sehr dankbar für meine Bemühungen und sagte mir viel Verbindliches darüber. Die bisherigen schlechten Erfolge derselben schienen ihm nichts weniger, als Kummer zu machen: denn ohne die Urkunden war eine Klage nicht zu begründen und wenn ihm ohne eine solche auch das Lehengut verloren war, so sah er sich doch auch andererseits der Aufregungen, welche jeder Rechtsstreit, insbesondere unter Verwandten, mit sich führt, glücklich überhoben.

„Wie lange denken Sie mit dem Ordnen des Archivs noch beschäftigt zu sein?" fragte er.

„Etwa noch einen Monat," erwiderte ich.

„Und dann gehen Sie zur Revision der Rechnungen über?"

„Ich habe niemals gern mit Zahlen zu schaffen gehabt und ich leugne nicht, daß ich mich dieser Arbeit mit einigem Widerstreben unterziehe."

„Nun, beginnen Sie einmal mit den letzten fünf Jahrgängen, und wenn Sie dort Alles in Ordnung finden, was ich hoffe, so will ich Ihnen die Revision der frühern erlassen. Der Administrator drängt mich wegen einer Decharge; er hat mir schon vorlängst ein solches Scriptum zur Unterschrift vorgelegt, aber ohne jede Prüfung mag ich dasselbe doch nicht vollziehen."

Hiermit war unsere Unterredung beendet.

Es waren seit meinem Besuche im Hause des Administrators bereits acht Tage verflossen, und ich glaubte ihn jetzt füglich einmal wiederholen zu dürfen. So begab ich mich denn beim Eintritt der Dämmerung hinüber. Als ich mich der Thür des Familienzimmers näherte, vernahm ich, daß im Innern eine sehr lebhafte Unterhaltung geführt wurde. Von den verschiedenen durcheinander redenden Stimmen vermochte ich jedoch nur die des Administrators zu erkennen. Während ich noch überlegte, ob ich unter solchen Umständen eintreten oder wieder umkehren solle, wurde die Thür aufgerissen, und die Hunde des Oberförsters sprangen hinaus. Mein erster Blick fiel über einen mit Flaschen und Gläsern bedeckten Tisch auf das kupferrothe Gesicht des Pater Crispin, welcher mit ausgebreiteten Armen laut perorirend, in der einen Hand ein braunes Lederkäppchen, in der andern ein Glas Wein, mit dem nicht minder beleibten Schulzen des benachbarten Dorfes Werserode die ganze Breite des Sopha's eingenommen hatte. An einen heimlichen Rückzug war jetzt nicht mehr zu denken: denn der Pater hatte mich bereits erkannt und rief mir entgegen:

„Nur immer näher, Herr Doctor" — so nannte man damals die Advokaten — „wir haben hier einen strittigen casus, über den wir uns nicht einigen können, und da sollt Ihr uns als Rechtsverständiger —"

„So laßt doch den Herrn erst einmal Platz nehmen, ehe Ihr ihn mit unserm Handel behelligt," fiel der Administrator ihm in's Wort, indem er mir zugleich einen Stuhl neben dem seinigen anbot und dann Luzien, welche mit ihrer Mutter seitwärts in einer der Fensternischen saß, einen Wink gab, noch ein Glas für mich herbei zu schaffen. Darauf machte er mich mit meinem Nachbarn zur Linken, den er mir als den Rentmeister des Barons von *** vorstellte, bekannt.

„Die übrigen Herren," fügte er hinzu, „kennen sich bereits, wie ich denke."

Der Schulze reichte mir treuherzig seine breite Faust über den Tisch hinüber, während der Oberförster, seine buschichen Augenbrauen zusammen ziehend, mir einen finstern Blick zuwarf, und meinen Gruß nur mit einem kaum merkbaren Kopfnicken erwiderte. Luzie kam mit dem Glase zurück, und füllte mir dasselbe zum Ueberfließen.

„O wie ungeschickt," versetzte sie, leicht erröthend, indem sie mir das Glas darreichte.

„Dem ist leicht abgeholfen," erwiderte ich, indem ich meine Lippen schlürfend an den Rand des Glases setzte, während sie solches noch in der Hand hielt.

„Sie meint's gut mit Euch," rief der Pater, „solche Ehre thut sie uns nicht an."

„Sie wissen sich selbst so wohl zu bedienen, ehrwürdiger Herr, daß ich mit meinen Diensten immer zu spät komme," versetzte Luzie und nahm wieder ihren Platz ein.

„Da habt Ihr's, Herr Pater;" lachte der Schulze. „Das Mamsellchen hat Herz und Mund auf dem rechten Fleck, dagegen kommt Ihr mit all Euerm Latein nicht auf. — Ja, drehet Ihr an Euerm Stricke, so lange Ihr wollt, Ihr drehet doch nichts Vernünftiges heraus."

„Sie ist auch durch eine feinere Schule gelaufen, als wir Zweie, Schulze, warum soll sie auch nicht feinere Arbeit liefern?" erwiderte der Mönch.

Um diesem Gespräche, das mir um Luziens willen peinlich zu werden begann, ein Ende zu machen, ergriff ich das Wort und rief:

„Und nun Euern casus, Herr Pater!"

„Ja, ja, den casus," erwiderte er. „Rentmeister, tragt ihn noch einmal vor, Ihr waret ja doch damit noch nicht zu Ende."

„Der Fall ist kurz folgender," hob der letztere an. „Der Colon Osthof, dessen Grundstücke an die Waldungen des Herrn Barons stoßen, hatte sich auf dessen Jagdrevier mit einem Gewehr betreffen lassen und unser Förster hatte ihm dasselbe daher abgenommen und ihn dann bei Gericht wegen Jagdfrevels denunzirt. In Folge dessen war der Denunziat zu einer Geldbuße verurtheilt und gleichzeitig die Confiskation des Gewehrs ausgesprochen. Der Osthof ging nun den Herrn Baron an, ihm sein Gewehr gegen ein anderes von ungleich höherem Werthe wieder zurück zu geben, weil ihm jenes als ein altes Erbstück besonders lieb und theuer sei. Der Baron bedeutete ihn nun zwar, daß das Gewehr nicht ihm, sondern dem Fiskus zugefallen sei und er daher seinem Wunsche beim besten Willen nicht willfahren könne, allein der Bauer konnte oder wollte sich davon nicht überzeugen lassen, sondern brachte seine Bitte immer wieder von Neuem vor. Da riß dem Baron endlich die Geduld. Er ließ den Bauer etwas hart an, und als dieser nun gleichfalls grob wurde, und sogar zu Drohungen überging, machte er von seinem Hausrechte Gebrauch. Nun aber besaß die junge Baroneß eine zahme Hindin, an welcher sie um so größere Freude hatte, als sie ein Geschenk ihres Bräutigams war. Das liebe Thierchen, dem sie ein sauberes Perlenhalsband mit einem silbernen Glöckchen umgehangen, folgte ihr überall hin nach und verließ ohne sie nie den Hof. Eines Tages aber wurde die Hindin vermißt und das ganze Dienstpersonal aufgeboten, nach ihr zu suchen. Nachdem man die ganze Umgegend nach allen Richtungen vergebens durchkreuzt hatte, stieß man auf einem Kleefelde des Osthof auf eine frische Blutspur, die sich fast bis zu seinem Hofe verfolgen ließ. Nun war kein Zweifel, daß der Bauer das Thier aus Rachsucht getödtet hatte. Er stellte die That auch um so weniger in Abrede, als er sich angeblich für vollständig berechtigt dazu gehalten hatte. Die Baroneß war trostlos. Sie bat nicht allein selber den Osthof, ihr das Fell des Thieres um jeden Preis zu überlassen, sondern sie ließ ihn auch durch den Pfarrer darum angehen, allein der Bauer blieb unerbittlich und erklärte, daß ihm die Haut nicht für die beste Kuh des Barons feil sei, ja, er ließ sogar den Kopf der Hindin ausstopfen und als Trophäe über seiner Hausthür befestigen. Nur das, wie absichtlich in Blut getränkte, Perlenhalsband übersandte er ihr."

„Abscheulich!" rief Luzie.

„Auch das Hausgesinde des Colons war empört darüber," fuhr der Rentmeister fort, „und Eine seiner Mägde war unserm Jäger behülflich, sich des Felles heimlich zu bemächtigen. Ein Knecht des Osthof hatte jedoch die Sache durch eine unvorsichtige Aeußerung verrathen, und der Bauer ist jetzt sowohl gegen den Jäger als Dieb wie gegen die Baroneß als Urheberin des Diebstahls klagbar geworden."

„Und nun fragt es sich," nahm der Pater das

Wort, „quid juris? Ich behaupte: die Baroneß war in ihrem vollen Rechte."

„Das ist auch meine Meinung," versetzte der Administrator.

Auch der Schulze und der Oberförster gaben kurz ihre Sentiments ab.

„Und welche Ansicht haben Sie von der Sache?" fragte ich Luzien.

„Ich hätte zwar in der Lage der Baroneß die Haut des getödteten Lieblings nicht zurückverlangt, weil ihr Anblick mich stets auf eine unangenehme, ja rohe Weise an meinen Verlust erinnert haben würde; allein hievon abgesehen, glaube ich, daß sie nicht nöthig hatte, um die Zurückgabe zu bitten, sondern daß sie solche rechtlich fordern konnte."

„Fehl geschossen!" rief der Pater.

„So lassen Sie die Dame doch erst ausreden," fiel ich ihm unwillig in's Wort.

„Das Halsband mit dem Glöckchen," fuhr Luzie fort, „zeigte dem Bauer an, daß er kein Wild, sondern ein zahmes Thier vor sich hatte, und deßhalb durfte er es auch auf seinem eigenen Grund und Boden so wenig tödten wie einen fremden Hund oder ein fremdes Schaf. Dagegen war die Baroneß wol nicht befugt, sich des Felles zu bemächtigen: denn wenn sie einen gerechten Anspruch darauf hatte, so durfte sie ja nur den Beistand des Gerichtes anrufen, um zu seinem Besitze zu gelangen."

„Das Gericht würde hier mit seiner Hülfe zu spät gekommen sein," bemerkte der Rentmeister, „denn der

Bauer würde im Falle einer Klage das Fell ganz gewiß schleunigst vernichtet haben."

„Nun, wo nichts ist," versetzte Luzie, „da hat ja auch der Kaiser sein Recht verloren, und die Baroneß hätte sich getrost auch des ihrigen begeben müssen."

„Bravo!" rief der Schulze, in die Hände klatschend.

„Ihr natürliches Gefühl hat Ihnen die richtige Entscheidung an die Hand gegeben," versetzte ich. „Soviel mir bekannt, giebt es überhaupt in jener Gegend kein Hochwild; der Bauer wußte also auch ohne das Perlenband am Halse des Thieres, daß er sein Gewehr auf ein zahmes Wild anlegte, und sich somit an fremdem Eigenthume vergriff: denn der Eigenthümer eines gezähmten Wildes geht seines Eigenthums dadurch nicht verlustig, daß ein Anderer davon Besitz ergreift. Was aber die zweite Frage betrifft, ob die Baroneß sich das Fell mit Umgehung des Richters zueignen durfte, so ließe sich darüber nur vom moralischen Standpunkte aus streiten: denn das Gesetz hat eine solche Handlung als verbotene Selbsthülfe ausdrücklich verpönt."

„Geht mir mit Euerm Gesetze," rief der Pater, „der Jäger hat ein gutes Werk gethan und ich würde ihn wie die Baroneß ohne Buße absolviren."

„Wie möchten Sie auch gewissenhafter sein, als Ihr Namenspatron, der den Reichen das Leder stahl, um den Armen Schuhe daraus zu machen," entgegnete ich.

„Daß Ihr ein halber Ketzer seid und auf die Heiligen und ihre Werke nicht viel haltet, hab ich mir immer gedacht," erwiderte der Mönch.

„Und wie sind Sie zu dieser Entdeckung gelangt?"

„Besucht Ihr doch Meß und Predigt höchstens ein um den andern Sonntag."

„Da werden Sie ja auch mich der Ketzerei beschuldigen," versetzte Luzie.

„Dagegen leg ich Protest ein," rief der Schulze. „Ihr seid eine so gute Katholikin, als je eine zur heiligen Jungfrau gebetet, das kann Euch unser ganzes Dorf bezeugen: denn wer den Armen und Kranken beisteht in ihrer Noth und alle Werke der Barmherzigkeit übt, der darf auch schon einmal die Messe versäumen."

„Wenn er sich gegen das Gebot der Kirche versündigen will," warf der Pater ein.

„Also von dem weltlichen Gesetze dürft Ihr Euch lossagen, wenn es Euch hinderlich ist, ein so genanntes gutes Werk zu thun, aber das Kirchengesetz muß unter allen Umständen gehalten werden," versetzte ich.

„Der geistliche Arm geht über den weltlichen," erwiderte der Mönch.

„Und ein guter Trunk geht über Alles, Herr Pater," fiel der Administrator ein, indem er ihm sein Glas füllte, „darüber sind Ketzer und Katholiken einverstanden, denk ich."

„Das war ein Wort zu seiner Zeit," rief der Schulze unter allgemeinem Gelächter, „dawider hat auch der Pater nichts einzuwenden. Auf's Wohl der Jungfer Luzie!"

Alle erhoben sich und ließen die Gläser klingen.

„Ich thue Ihnen in Gedanken Bescheid," sagte Luzie.

„Nichts in Gedanken," entgegnete der Mönch. „Oberförster, reicht der Mamsell Euer Glas, damit sie mit uns anstoße."

„So lassen Sie mich erst für Lichter sorgen, denn wir sitzen ja fast im Dunkeln," versetzte sie und eilte hinaus. Die Mutter folgte ihr. Gleich darauf erschien die Magd mit Lichtern, Luzie aber ließ vergebens auf ihre Rückkunft warten, weder sie noch ihre Mutter kamen wieder zum Vorschein.

Die Gesellschaft wurde nach der Entfernung der Frauen immer lauter, der Mönch schwatzte abwechselnd deutsch und latein und zog in beiden Sprachen „mit wenig Witz und viel Behagen" gegen die Advokaten zu Felde, und selbst der Oberförster, welcher bis dahin wie ein Duckmäuser da gesessen, öffnete seinen Mund, wenn auch nur, um einige Jagdgeschichten zum Besten zu geben. Der Schulze, welcher noch eine Stunde bis zu seinem Dorfe hatte, brach endlich auf, und ich ergriff mit Freuden diese Gelegenheit, mich gleichfalls zu entfernen. Ich dachte ihn eine kurze Wegestrecke zu begleiten, allein der milde, sternenhelle Abend sowie die Redseligkeit des in der muntersten Weinlaune begriffenen Schulzen verlockten mich immer weiter, so daß ich des Umkehrens ganz und gar vergaß. Als ob er meine Gedanken errathen, lenkte er das Gespräch von seinen beiden ältesten Söhnen, welche die Schlachten bei Ligny und Waterloo als Gardisten mitgemacht, erst auf seine Töchter, zu deren Einer eine polnische Fürstin Pathe gestanden habe, und sodann auf Luzien, und nachdem er zuvor im Allgemeinen ihr Lob gesun=

gen, erzählte er mir in begeisterten Worten, wie sie während der Kriegsjahre als blutjunges Mädchen mit der Comteß fast allwöchentlich im Dorfe erschienen sei und sich von ihm, als Ortsvorsteher, diejenigen Stätten habe bezeichnen lassen, wo es irgend eine Noth zu lindern gegeben habe.

„Unsereins hat auch wol nach Kräften das Seine gethan," sagte er, „aber man kann doch nicht überall helfen, und dann ist es ja auch nicht das Almosen oder das Stückchen Brod, was man Jemandem in's Haus schickt; beides ist bald aufgezehrt und die Noth und die Sorge sind wieder da. Ihr hättet nur einmal sehen sollen, auf welche Art sie ihre Gaben austheilte, und wie sie den Leidenden Trost zusprach. Das war gar nicht, als ob sie ihnen eine Wohlthat erzeige, sondern als ob sie solche empfinge, und sie ihnen nicht genug dafür danken könne, daß sie das Angebotene nicht zurückgewiesen, so daß die Armen oft gar nicht wußten, wie ihnen geschah und wie sie solche Demuth verstehen sollten. Ich habe mehr als Einen Kranken sagen hören, daß, wenn die Schloßverwalters Luzie an ihrem Bette gestanden und zu ihnen geredet habe, es ihnen allemal ganz sonntäglich zu Muthe geworden, und sie nicht anders gemeint, als ob sie die Festglocken hätten läuten gehört. Und so treibt sie's auch jetzt wieder. Ja seht, Herr, die ist für Nichts anders auf die Welt gekommen, als um den Armen beizustehen und die Bekümmerten zu trösten, und der Mann soll noch geboren werden, welcher ihrer würdig wäre."

„So meint Ihr, daß es besser wäre, wenn sie zeitlebens los und ledig bliebe!" versetzte ich.

„Ja, so mein ich," erwiderte er.

„Nun denkt Euch aber, daß ihre Ehe mit Kindern gesegnet würde, und sie diese Kinder wieder so erzöge, daß sie ihrer Mutter gleich würden."

„Wie unsere Kinder ausschlagen, das steht nicht in unserer Hand. Ich habe die meinen Alle in der Furcht Gottes erzogen, und Jedem gegeben, was ihm zukam, und von meinen drei Söhnen sind zwei gut und brav und der dritte ist ein Taugenichts geworden. Die Natur, die in dem Menschen steckt, die thuts allein. Hab ich doch einmal von einem Zwilling gehört, daß er grün und gelb im Gesichte geworden vor Aerger und Mißgunst, wenn er gesehen, daß die Mutter seinem Bruder vor ihm die Brust gereicht habe. Auch mein Anton hat schon in der Wiege nicht gut gethan und ist ein Neidhammel und ein Störefried geblieben bis auf diesen Tag."

Der Nachtwächter von Werserode blies eben die zehnte Stunde und jetzt bemerkte ich erst, daß ich mich dem Dorfe bis auf einige Minuten genähert hatte. Der Schulze bat mich, bei ihm zu übernachten; ich lehnte solches aber ab, und versprach ihm meinen Besuch für ein anderes Mal. Dann trennten wir uns.

Auf dem Heimwege, welcher bald über umfriedete Wiesen an ruhenden Heerden, bald über Eichkämpe an einsamen Gehöften vorüber führte, sann ich den Worten des Schulzen nach, und sein Ausruf: der Mann soll noch geboren werden, der ihrer würdig wäre, tönte mir beständig in den Ohren wider. Das begeisterte Lob, das er ihr gespendet, wenngleich es auch meinen eigenen Anschauungen entsprach, machte mir den Muth doch in etwa wieder sinken. Die Geliebte erschien mir wieder in jener idealen Gestalt, in welcher ich sie zu allererst erblickt hatte; ich sah sie, wie damals, in immer weitere Fernen zurück weichen und allmälig in einer Wolkenglorie verschweben. Es hätte zu meinen jetzigen Gefühlen, welche mehr auf das Menschliche gerichtet waren, besser gestimmt, wenn der Schulze mir irgend eine Schwäche von ihr anvertraut hätte. Mir fielen die Worte des Dichters ein:

Glaub' mir: es ist dem Menschen
Ein Mensch noch immer lieber wie ein Engel.

Um mich wieder zu ermuthigen, rief ich mir sogar einige Bibelsprüche in's Gedächtniß, welche da besagen, daß vor Gott kein Sterblicher rein befunden werde.

Ehe ich mich dessen versah, war ich wieder im Wäldchen angelangt. Die Nachtigallen schmetterten aus allen Büschen und Bäumen, ein leiser Windhauch schauerte durch die Zweige, und aus den Schloßgräben tönte mir der lärmende Chorus schlummerloser Frösche entgegen. Und die Stimmen der Natur fanden einen Widerhall in meiner Brust. Ein frischer Hauch wehete durch meine Seele und aus den fliehenden Nebeln tauchte Luzien's Bild, nicht in überirdischer, engelhafter Schöne, sondern von allen Reizen blühendster Jugendfülle umgeben empor.

„Da haben Sie allerdings eine ungeeignete Stunde gewählt," versetzte der Doctor, als ich ihm andern Tags von meinem Besuche beim Administrator und von der Gesellschaft, die ich dort angetroffen, erzählte. „Der Pater sowohl wie der Oberförster pflegen ihre Abende dort zuzubringen, und wenn jener es auf den Weinkeller des Administrators abgesehen, so mag dieser sein Augenmerk wol auf etwas Anderes gerichtet haben."

„Sie meinen auf Luzien?"

„Der Hubert will so etwas gehört haben."

„Ich glaube nicht, daß ich den Burschen als Rivalen zu fürchten habe."

„Seien Sie nicht allzu sorglos; jeder Nebenbuhler ist ein Gegner und jeder Gegner zu fürchten, wenn man seiner Thätigkeit nicht eine größere entgegen setzt oder ihm gegenüber wol gar die Hände in den Schooß legt."

Ich wußte, wohin der Alte wieder zielte. Er konnte sich darüber nicht beruhigen, daß ich mich noch nicht wieder um ein Amt beworben hatte, und kam stets, offen oder versteckt, auf diesen Gegenstand zurück. Allein hier stand bei mir der Entschluß einmal fest, jenen Schritt nicht eher zu thun, als bis ein anderer Chef an die Spitze der Justizverwaltung getreten sein werde. Um ihn daher von diesem Thema abzulenken, erwiderte ich:

„Wenn der Oberförster mir etwa den Rang ablaufen möchte, so würde ich das gewiß als ein Unglück beklagen, aber als ein solches, welches abzuwenden, nicht in meiner Macht gestanden hätte."

„Wir verstehen uns einmal wieder nicht," entgegnete er. „Sie haben immer nur Luzien im Auge und glauben, mit ihrem Herzen Alles gewonnen zu haben; es ist Ihnen der Punkt, von wo aus Sie die Welt aus ihren Angeln heben zu können vermeinen. Ich aber muß diesem Wahne einen Satz entgegenstellen, den Sie wohl beherzigen mögen: Luzie wird zwar wider ihren Willen niemals dem Oberförster ihre Hand reichen, aber wider den Willen ihres Vaters auch niemals einem Andern."

„Ein Dogma, welches ich mit Freuden zu dem meinigen mache. Lassen Sie meinen Glauben an dasselbe nur erst recht Wurzel fassen, und Sie werden sehen, wie dieser Wunder wirken wird."

„Wenn er Sie vernünftig machte, und Sie vernünftig handeln lehrte, so wäre das schon Wunder genug."

„Da Sie bis dahin aber nun einmal die Stelle der Vernunft bei mir vertreten zu müssen scheinen, so geben Sie mir erst Mittel und Wege an, wie ich Luzien ohne lästige Zeugen sprechen mag."

„Ein schlechter Liebhaber, welcher solche Mittel und Wege nicht selber findet. Ich soll Ihnen wol gar zu einem Stelldichein die Hand bieten! Das schwärmt in Wäldern und Feldern umher, schneidet den Namen der Geliebten in alle Bäume, ruft ihn in alle Winde und streckt sehnend seine Arme nach ihrem Bilde aus, während daheim das Original vielleicht einsam vor seiner Thür sitzt und Erbsen auspellt, und man die beste Gelegenheit hätte, ihm sein Herz zu Füßen zu

legen. Das nennt man: ‚deutsche Liebe'. Nun, dies=
mal hat der Arzt Ihnen unwillkürlich in die Hände
gearbeitet, wie es scheint. Ich habe ihrer Mutter statt
des Bades, das ihr nichts genützt haben würde, eine
Kräuter= und Molkenkur verordnet, und wenn Sie sich
in den nächsten Tagen zwischen sechs und sieben Uhr
in den Park bemühen wollen, so werden Sie Mutter
und Tochter dort promenirend finden. Uebrigens
scheinen mir auch in Ihrer Organisation, insbesondere
in den Funktionen des Gehirns, einige Störungen
vorgegangen zu sein, und um solche zu beseitigen, wird
Ihnen ein schwacher Säuerling gewiß nicht schaden.
Lassen Sie sich deshalb ein paar Dutzend Krüge Dri=
burger aus der Stadt kommen und trinken davon
Morgens, soviel Ihnen behagt. Damit Sie indeß
während des Trinkens nicht Ihren Grillen nachhangen,
kann ich Ihnen nur empfehlen, sich den Damen an=
zuschließen und für eine allseitige, angenehme Zer=
streuung Sorge zu tragen."

Ich hätte dem schlauen Alten für diese Anordnun=
gen um den Hals fallen mögen, allein wenn er sich
wie jetzt in seiner ironischen Laune befand, pflegte er
allen exaltirten Gefühlsäußerungen nur mit einem
derben Spotte zu begegnen, und so hielt ich denn
damit zurück, und beschränkte mich auf einen einfachen
Dank. Daß er dem verstorbenen Grafen bei seinen
Liebesabenteuern wesentliche Dienste geleistet habe, wie
das Gerücht sagte, war mir jetzt eben so glaubhaft,
als ich überzeugt war, daß dieser Hang auf einem tiefen
Bedürfnisse seiner Natur, sich Andern hilfreich zu er=

weisen, beruhe, und daß er, um solches zu befriedigen, früher allerdings Mittel wie Zwecke von Seiten ihrer Sittlichkeit nicht immer einer strengen Prüfung unterworfen haben mochte.

Um von Allen die Vermuthung möglichst fern zu halten, als ob ich mit meiner Brunnencur irgendwelche Nebenabsichten verbinde, setzte ich mich noch an demselben Tage in den Besitz des nöthigen Materials, und begann am folgenden Morgen meine Saison. Als ich nach einer fast zwei stündigen Promenade im Park und im Wäldchen heimzukehren im Begriff stand, traf ich auf der Brücke, welche von letzterem in den Baumhof führt, mit Luzien zusammen. Sie trug, wie zu einem längeren Gange mit Hut und Tuch bekleidet, ein Körbchen am Arme und schien es gar eilig zu haben.

„Wohin schon so früh und in solcher Hast?" fragte ich.

„Ich gehe nach Blumen aus," erwiderte sie verlegen, indem sie rasch an mir vorüber zu schreiten suchte.

„Soll sich hier etwa ein Wunder erneuen?"

Sie sah mich fragend an.

„Wenn ich den Deckel Ihres Körbchens lüftete, denken Sie, daß sein Inhalt verschwinden oder sich in Rosen verwandeln werde? Landgräfin Elisabeth!"

Jetzt verstand sie mich.

„Die Legende, welche Sie im Sinne haben, paßt nicht ganz hieher," entgegnete sie. „Sie haben mich weder nach dem Inhalte des Körbchens gefragt, noch hab ich ihn für Rosen ausgegeben."

„Aber mit einer Unwahrheit haben Sie mir dennoch geantwortet, wenn auch mit einer solchen, die selbst eine Heilige unter Zustimmung des Himmels sich erlaubt hat," erwiderte ich. „Der ganze Unterschied besteht nur darin, daß die Landgräfin vorgab, mit Blumen heim zu kehren, während Sie erst darnach ausgehen wollen."

„So werde ich ja um solcher Lüge willen auch wol Ihre Verzeihung erhalten!"

„Doch nur unter der Bedingung, daß Sie mir gestatten, Sie zu begleiten."

„Mein Weg ist weit."

„Desto besser;" versetzte ich keck, entschlossen die Gelegenheit beim Schopf zu fassen.

Und sie ließ es freundlich geschehen, nicht allein, daß ich sie begleitete, sondern auch, daß ich ihr das Körbchen abnahm. Dasselbe war, wie sie mir jetzt gestand, mit eingemachten Früchten und andern Victualien gefüllt, welche einer Wöchnerin zur Stärkung und Erquickung dienen sollten. Letztere war die Frau eines armen Feldhüters, welcher etwa eine halbe Stunde unterhalb des Wäldchens mit einer zahlreichen Familie eine elende Hütte bewohnte. Nachdem ich ihr scherzend vorgeworfen, daß sie auch mir aus ihren Absichten ein Geheimniß habe machen wollen, versetzte sie:

„Ich muß ja wohl, die Menschen nöthigen mich dazu und werden mir noch Alles verleiden."

Sie schwieg wieder, und fuhr erst auf meine Bitte, sich weiter zu erklären, fort:

„Es sind uns gute und böse, heilsame und schädliche

Neigungen eingepflanzt. Wenn wir diese bekämpfen, so mag man das immerhin ein Verdienst nennen, obwol wir damit nur eine Pflicht erfüllen; aber, indem wir jenen ein Genüge thun, geben wir ja nur einer Forderung unserer Natur nach, und erweisen uns somit zunächst selber eine Wohlthat. Wenn daraus vielleicht auch für Andere ein Gutes entspringt, so mögen wir uns solcher Wirkung erfreuen, von einem Verdienste kann aber dabei so wenig die Rede sein, als bei einem Baume, der da blüht und Früchte trägt, und ich fühle mich im tiefsten Innern beschämt, wenn man mir ein solches daraus machen will. Meine Eltern legen meinem Wohlthätigkeitssinne keine Schranken auf, ich selbst entziehe mir nichts, indem ich ihm Folge leiste, wie gebührte mir da auch nur ein Dank! O wüßten die Menschen nur, wie wenig würdig ich ihres Dankes, ihres Lobes bin, sie würden mir gewiß nicht mit dem einen wie mit dem andern so oft beschwerlich fallen."

Wie standen diese Gesinnungen so im Einklange mit den Aeußerungen des Schulzen! Diese sollten mir jetzt recht zum Verständniß kommen.

„Wenn Sie denn gegen sich selbst so strenge Gerechtigkeit üben, so seien Sie auch gegen Andere nicht ungerecht," entgegnete ich: „denn indem Ihnen die Dank zollen, denen Sie Gutes erweisen und Ihnen die Verehrung bezeigen, welche sich Ihrer Handlungen freuen, erfüllen sie ja ebenfalls nur ein Bedürfniß ihres Herzens. Ueberdies mögen Sie bedenken, wie wenig Gutes nur um des Guten willen in der Welt geschieht, und wie viel weniger dessen noch geschehen würde, wenn es der Anerkennung entbehrte. Sie bedürfen nicht des Beifalls der Menge, aber diese kann der Vorbilder nicht entrathen, denen sie nachstrebe."

„Es ist ja auch nur das Uebertriebene in ihren Aeußerungen, dem ich so abhold bin," erwiderte sie. Damit brach sie das Gespräch über diesen Gegenstand ab, und leitete nach einigen Umschweifen mit der Frage: ob ich Theodor Körner gekannt habe? ein anderes ein. Ich hatte als Oberjäger im Lützow'schen Corps gestanden, und war sogar Einer derjenigen gewesen, welchen der Dichter, als er von einem Säbelhiebe verwundet in einem Walde beim Dorfe Kitzen hilflos darnieder lag, seine Rettung durch einige Landleute zu verdanken hatte. Als ich daher jene Frage bejahte, gerieth sie in eine freudige Aufregung, und sah mich mit einem Blicke an, als ob ich plötzlich vor ihren Augen um einige Zoll gewachsen wäre. Sie ließ jener Frage mit einer Lebhaftigkeit, welche gegen ihre gewöhnliche Ruhe sehr abstach, noch manche andere in Bezug auf seine Persönlichkeit folgen und beklagte nur, daß ich nicht auch bei seiner Bestattung zugegen gewesen war. Ich versprach ihr ein Blatt von der Eiche über seinem Grabe. Uebrigens schien es, als ob es auch hier die opferfreudige Liebe sei, welche ihr solche Begeisterung für Körner einflößte, und als ob diese weniger dem Dichter, als dem Helden gelte. Dann kam die Rede auch auf den Doctor. Sie legte eine große Verehrung für ihn an den Tag, und wenn ihr nicht ganz unbekannt sein mochte, was man ihm Uebles nachsagte, so schenkte sie ihm wenigstens keinen Glauben. Ich nahm diese Gelegenheit wahr, ihr von meiner Brunnencur zu erzählen und daß ich sie heute begonnen habe."

„Eine Brunnencur! — auch Sie! — o das ist ja herrlich," rief sie, ihre Schritte hemmend, aus, „auch der Mutter hat er eine Molkencur verordnet und da —"

Hier hielt sie, leicht erröthend, inne.

„Nun, und da —"

„Werden Sie ihr vielleicht dann und wann Gesellschaft leisten."

„Nur der Mutter, und nicht auch Ihnen?" fragte ich, ihre Hand fassend.

Wir waren auf der Stelle angelangt, wo der Fußweg, das Gehölz verlassend, in die Fahrstraße einmündet, welche von Werserode nach P. führt. Es war gerade Markttag und die Straße daher von Landleuten zu Fuße und zu Wagen überaus belebt.

Luzie entzog mir ihre Hand und versetzte:

„Nun kehren Sie aber wieder heim. Mein Ziel ist bald erreicht und auf meine Rückkehr können Sie doch nicht warten."

Sie begleitete diese Worte mit einem so bittenden Blicke, daß, wenn ich auch ihr Zartgefühl Angesichts dieser Marktgänger nicht hätte schonen wollen, ich doch jenem Blicke nicht hätte widerstehen können. Ich gab ihr daher das Körbchen zurück und versetzte:

„Und wenn der Wald hinter uns in Flammen stände, ich ginge hindurch, wenn Sie es wünschten."

Sie schlug die Augen nieder und entgegnete:

„Schätzen Sie sich glücklich, daß mir keine Wunderkraft verliehen ist, ich möchte Ihren Gehorsam sonst vielleicht die Feuerprobe durchmachen lassen. Auf Wiedersehen!"

„Bis Morgen?"

„Ich denke," erwiderte sie, sich noch einmal nach mir umwendend. Dann rief sie eine junge Bäurin an und setzte mit dieser ihren Weg weiter fort.

Aus meinem Busen aber schwang es sich empor wie eine Lerche und eine Stimme jubelte in den blauen Himmel hinein: „Sie liebt Dich, sie liebt Dich," und der Wald wölbte sich über mir wie eine Festhalle und die Vögel riefen von allen Zweigen: „Sie liebt Dich, sie liebt Dich." Woher mir solche Zuversicht, solche Siegesgewißheit gekommen, wußte ich mir nicht zu sagen, aber mein Inneres war davon erfüllt. Ach, was sind alle unsere Vorsätze, unsere Entschlüsse jener geheimnißvollen Macht gegenüber, welche ihre magischen Fäden um alle Wesen schlingt, und sie zu einer Kette verbindet, deren Anfang und Ende sich im Duft der Unendlichkeit verliert! Ehe die Sonne dieses Tages untergegangen, war schon eine Eingabe an den Chef der Justiz, worin ich mich um eine Richterstelle bewarb, zur Post befördert. Und nun begann eine Reihe von Tagen, deren ungeahnte, ahnungsvolle Seligkeit man empfunden haben muß, um zu wissen, daß sie sich nur empfinden, aber nicht beschreiben läßt. Es waren nicht die paar Morgenstunden allein, die ich bald in heitern bald in ernsten Gesprächen an Luziens Seite zubrachte, und in denen sich mir die Einfalt ihres

Herzens und die Hoheit ihrer Seele immer schöner offenbarte, es war der Nach- und Widerklang, der Nachglanz und Widerschein dessen, was ich dort vernommen und geschaut, was mich wachend und träumend so unsäglich beglückte, und mich wie mit leiblichen Flügeln über das Gewöhnliche, über die Alltäglichkeiten des Lebens empor hob. Ist es mir doch, indem ich dies niederschreibe, als ob das Gewölk, das mein Leben beschattet, sich über mir theile, und durch seinen Riß der Himmel jener Tage noch einmal auf mich niederschaue. —

Der Schulze von Werserode hatte sowohl die Familie des Administrators wie auch mich auf den zweiten Pfingsttag eingeladen, um mit ihm den Festkuchen zu verzehren, und wir hatten ihm unsern Besuch zugesagt. Sein Großknecht kam daher am gedachten Tage gegen eilf Uhr Morgens mit einem leichten Korbwagen angefahren, um uns zu seinem Herrn abzuholen. Wenngleich wir den anmuthigen Weg lieber zu Fuße zurück gelegt hätten, so mußten wir uns doch um Luziens Mutter willen zum Fahren bequemen. Als wir auf dem Schulzenhofe, einem einstöckigen, langgestreckten, halb mit Ziegeln, halb mit Stroh gedeckten Gebäude anlangten, fanden wir dort wider Erwarten bereits eine zahlreiche Gesellschaft versammelt, welche außer den männlichen Mitgliedern der Familie aus Geistlichen und angesehenen Colonen bestand. Luzie wurde von den Einen mit respectvoller Höflichkeit, von den Andern mit Herzlichkeit, von Allen aber als eine alte Bekannte begrüßt, während man mich als eine fremde Größe anstaunte und nicht recht zu wissen schien, wofür man den vom Schulzen mit „Herr Doctor" Angeredeten halten sollte: denn von einer gegenseitigen Vorstellung war nicht die Rede. Ich bemerkte sehr wohl, daß man hier und da die Köpfe zusammen steckte und mit einem Blicke, bald auf Luzien, bald auf mich, sich etwas zuflüsterte. Ein alter geistlicher Herr von ehrwürdigem Aeußern und freundlichen wohlwollenden Zügen reichte ihr die Hand, und sprach lächelnd einige leise Worte zu ihr, worauf sie eine verneinende Bewegung machte, und sich an den Arm ihrer Mutter hing. Endlich erschien auch die Frau des Schulzen, eine stattliche Matrone in weitem Faltenrocke und einer hohen, goldgestickten Seidenhaube, von ihren beiden Töchtern gefolgt, letztere in einer Tracht, welche sich, wenn auch noch mit einiger Schüchternheit, doch schon der städtischen zu nähern begann. Hinter ihnen wurde in zwei blanken, offenen Zinnschüsseln die Suppe aufgetragen. Der Schulze ließ sich an dem einen, die Schulzin an dem andern Ende der mit seinem, schneeweißem Gebild bedeckten Tafel nieder, während die Uebrigen Jeder von dem ersten besten Platze Besitz nahmen. Ich hatte mir den meinigen, nicht ohne Absicht, ziemlich entfernt von Luzien zwischen den beiden Töchtern des Hauses gewählt. Es entstand jetzt eine allgemeine Stille, welche auch nach beendetem Tischgebete noch fortdauerte, und nur durch das Geräusch der Eßwerkzeuge unterbrochen wurde. Der

Landmann ist gewohnt, das Essen wie ein ernstes Geschäft zu behandeln, welches keineswegs nur so nebenher abgethan werden dürfe: denn was er sich im Schweiße seines Angesichts erworben, das soll auch, solchen Mühen gemäß, mit Andacht und Bedacht genossen und verzehrt werden. Das heitere Gespräch, die Würze des Males unter Gebildeten, erscheint ihm als eine ungebührliche Störung, als ein arger Verstoß gegen seine Tischordnung, wie er denn auch jedes sogenannte Schaugericht als eine ihm unbegreifliche Lächerlichkeit mit tiefer Verachtung ansehen würde, und so führt er mit einem gewissen feierlichen Schweigen und in einem ebenso gleichmäßigen Tempo, wie er den Dreschflegel schwingt, langsam Löffel auf Löffel, Bissen auf Bissen zum Munde. Auch meine schönen Nachbarinnen trieben es nicht anders. Ob ich rechts oder links ein Gespräch anzuknüpfen versuchte, keine wagte recht, von ihrem Teller aufzublicken und sich in ihrem Geschäfte unterbrechen zu lassen. Der Schulze und seine Frau überwachten mit Argusaugen die ganze Tafel, und wo sie einen leeren Teller oder ein leeres Glas entdeckten, da machte sich auch sofort der horror vacui bei ihnen geltend und sie beruhigten sich nicht eher, als bis sie die Leere wieder ausgefüllt wußten. Leider mußte aber die Menge der Gerichte für die Qualität eintreten, so daß es für einen Gast meiner Art eben kein Leichtes war, den Anforderungen der unerbittlichen Wirthe zu genügen. Erst, als die ungeheuren Kuchen, welche sich in ihren kegelförmigen Bildungen wie eine vulkanische Gebirgskette über den ganzen Tisch hin lagerten, aufgetragen wurden, ward uns einige Ruhe vergönnt und die Zungen begannen sich mehr und mehr zu lösen, ohne daß jedoch auch jetzt die Unterhaltung einen muntern Aufschwung nahm. Erndteaussichten, Steuerzahlungen, Wegebauten und ähnliche, der Sphäre des Landmanns angehörige Dinge, gaben den Stoff dazu her.

Luziens Mutter, welche neben der Frau des Schulzen saß, ging mit dieser unvermerkt davon. Luzie folgte ihr eiligst nach, kam jedoch bald wieder zurück, und trat an meine Nachbarinnen heran.

„Die Mutter ist ermüdet," sagte sie, „und hat sich ein wenig zur Ruhe gelegt, wollen wir nicht einen Gang durch den Garten machen?"

Die Töchter erhoben sich und ich begab mich mit ihnen und Luzien in's Freie. Nachdem wir eine Weile in dem geräumigen Garten umher gewandelt waren, und die Mädchen für Luzien einen mächtigen Blumenstrauß zusammen gelesen hatten, kamen nach und nach auch die übrigen Gäste angezogen, und man ließ sich unter einem breiten Laubgange nieder, um den Kaffee einzunehmen. Als auch dies Geschäft glücklich beendet war, lösten sich allmälig einige Gruppen von der Gesellschaft ab und zerstreuten sich hierhin und dorthin. Auch Luzie war unter ihnen; ich schloß mich ihr an und sah mich bald allein an ihrer Seite. Aus den hinter dem Garten befindlichen Baumanpflanzungen führte eine Thür auf den etwas höher gelegenen Kirchhof. Die Kirche selbst, ein altgraues, finstres Bauwerk mit dicken Mauern und niedrigem

Thurme, lag, unter dem Schutze dreier Ulmen, im Mittelpunkte, und ihre schattige Umgebung übte in der Sommerschwüle einen süß verlockenden Reiz aus.

"Haben Sie schon das Grab der polnischen Fürstin besucht, die hier im Dorfe ihre letzten Lebensjahre zugebracht hat?" fragte mich Luzie.

"Ich habe wol schon von ihr vernommen, aber ihr Grab habe ich noch nicht besucht," erwiderte ich.

"Daß Sie das nur ja nicht den Schulzen, auf dessen Hofe sie gelebt und gestorben, oder überhaupt einen Werfcrober hören lassen, man würde Sie sonst mit dem Pater Crispin der Ketzerei beschuldigen: denn ihr Andenken wird bis auf den heutigen Tag wie das einer Heiligen hier verehrt," versetzte Luzie.

"So lassen Sie mich schleunigst das Versäumte nachholen," erwiderte ich.

"Sehen Sie dort das einfache Kruzifix an der Kirchenwand? Dort ist ihre Ruhestätte."

Wir gingen auf das Grabmal zu und sie erzählte mir, wie die Fürstin sich um die Zeit der zweiten Theilung ihres Vaterlandes als Wittwe aus den Stürmen eines viel bewegten Lebens erst nach P., und später in die Einsamkeit dieses Dorfes zurückgezogen, einen überaus gottesfürchtigen, ja fast ascetischen Wandel geführt und sich insbesondere mit der größten Selbstverleugnung der Armen und Kranken angenommen habe.

"An ihrem Sterbetage," sagte sie, "wallfahrtet deshalb auch jetzt noch die ganze Bevölkerung des Dorfes zu ihrem Grabe, um dort ihr Gebet zu verrichten, und, wie Sie sehen, fehlt es ihm auch in diesem Augenblicke nicht an einem frischen Kranze. Wie aber das Volk sich keinen Heiligen ohne Wunderkraft denken kann, und wenn er im Leben solche nicht bethätigt haben möchte, sie noch seinen Gebeinen beilegt, so ist dieses auch hier geschehen."

„Ja, ja, das Volk hat es sich niemals nehmen lassen, sich neben den kirchlichen noch seine besondern Heiligen zu wählen und diese Volksheiligen, denen es auch an der Märtyrerkrone selten gefehlt hat, sind, denk ich, nicht die schlechtesten. Was sagt denn aber die hiesige Geistlichkeit zu solchem Eingriff in die Rechte der allein selig= wie heiligmachenden Kirche?"

„Sie läßt geschehen, was sie nicht wohl wehren kann und Niemandem zum Schaden gereicht."

„Und welcher Art ist die wunderthätige Kraft, welche man den Gebeinen der Fürstin beilegt?"

„Eine Handvoll Erde von ihrem Grabhügel auf das Herz eines Kranken gelegt, soll, wenn auch nicht immer eine heilende, doch stets eine beruhigende Wirkung ausüben, sagt man."

„Ist solche Wirkung nicht aller Grabeserde eigen?" versetzte ich, mich an der Sinnigkeit dieser Sage erbauend.

„Freilich," erwiderte sie mit einem wehmüthigen Lächeln.

Wir standen eine Weile schweigend nebeneinander, den Blick gedankenvoll auf den Grabhügel geheftet. Jetzt begannen die Glocken zur Vesper zu läuten und wie diese Klänge mich von frühester Kindheit an gar eigen bewegt, und wie Stimmen einer andern Welt, von himmlischen Lüften hergetragen, zu mir gesprochen hatten, so schlugen sie auch jetzt wieder mächtig an mein Herz und ließen es hoch auf- und überwallen. Ich schaute Luzien an, und auch an ihrer Wimper zitterte eine Thräne.

„Wenn Sie aber der Erde gerade dieses Grabes eine so beruhigende Wirkung zuschreiben, so möchte ich Sie um eine Handvoll dieser Erde bitten: denn auch mein Herz ist krank, ist krank — nach Dir, Luzie," versetzte ich, indem ich ihre Hand ergriff und wider meine Brust drückte.

Sie lehnte ihr Haupt an meine Schulter und sprach:

„Muß ich dies Bekenntniß an dieser Stätte hören!"

„Ueber dem Staube einer edeln Todten, — wo gäb es eine schönere? Stark ist die Liebe wie der Tod," erwiderte ich.

„So möge sie unserm Bunde die erste Weihe geben!" flüsterte sie bewegt.

Die Glocken tönten langsam aus, und wie ein Amen scholl ihr letzter Klang zu uns nieder.

Das Geräusch nahender Stimmen scheuchte Luzien aus meinen Armen auf. Die ersten Kirchgänger kamen läßig angeschritten. Sie legte einen Theil ihres Blumenstraußes auf das Grab und wir kehrten schweigend zum Schulzenhofe zurück.

Die Gesellschaft war inmittelst sehr zusammen geschmolzen. Die Geistlichen hatten sich sämmtlich entfernt, und auch die übrigen Gäste rüsteten sich meist zum Aufbruch. Der Administrator, welcher sich mit dem Schulzen und einigen Colonen auf's Neue an's Zechen gegeben hatte, bezeigte indeß noch gar keine Lust zur Heimkehr und als Luzie ihn bat, der Mutter halber aufzubrechen, erwiderte er, einen unglücklichen Singversuch anstellend:

„Des Schulzen Wein ist hell und klar
Und Pfingsten kommt nur einmal im Jahr.

Kehrt Ihr mit dem Herrn Doctor nur heim, ich komme bald zu Fuße nach."

„Haben Sie keine Sorge," beruhigte der Schulze Luzien, als diese ihre Bitte bringender wiederholte, „ich begleite den Papa bis über die Wiesen hinaus und auch noch eine Strecke weiter."

Ein ferneres Zureden wäre offenbar vergeblich gewesen und wir mußten uns daher entschließen, uns allein auf den Weg zu machen. Der Wagen, welchen die sorgliche Schulzenfrau wegen der Abendluft mit einem Leintuche hatte überspannen lassen, wurde vorgefahren und nachdem sie uns noch einen ganzen Korb voll Kuchen aufgedrungen, ging es in raschem Trabe nach Kleinbach zurück. Luzie nahm mit ihrer Mutter den Hintersitz ein, während ich es bald für rathsam erachtete, mich neben den kutschirenden Großknecht zu placiren, welcher, derweil die Herrschaft es sich mit ihren Gästen hatte wohl sein lassen, auch seines Theils nicht müßig gewesen zu sein, vielmehr des Guten zu viel gethan zu haben schien, und wie toll auf die Pferde einhieb. Ueberdies hatte er, wie der wackere Bursche mich merken ließ, auch noch ein Interesse dabei, uns möglichst rasch über Land zu schaffen: denn es sollte nach dem Gottesdienste im Dorfe noch getanzt werden, und da mochten denn auch noch wol süßere Pflichten seiner harren. Uebrigens kam uns seine Hast insofern gut zu Statten, als ein Gewitter, welches schon seit einigen Stunden tief am Horizonte gestanden hatte, wider Erwarten in jäher Eile angezogen kam und sich in demselben Augenblicke, als wir den Schloßhof erreichten, unter heftigen Regengüssen entlud. Luziens Mutter war von den Aufregungen des Tages, denen noch die Gewitterangst hinzutrat, so erschöpft, daß ihr die Füße fast den Dienst versagten, und sie sich sofort zur Ruhe begeben mußte. Als ich mich in ihrer Gegenwart von Luzien in etwas förmlicher Weise verabschieden wollte, versetzte diese:

„Reichen Sie mir nur getrost Ihre Hand, die Mutter weiß Alles, und Morgen, denk ich, soll es auch der Vater erfahren."

„Meinen Segen geb ich Euch von Herzen," sagte die Mutter, „des Vaters Gesinnungen kenne ich nicht."

Ich hatte Luzien schon früher vertraut, daß ich mich wieder um ein Amt beworben habe, und ich gab ihr daher zu erwägen, ob wir den Erfolg nicht abwarten sollten, bevor wir uns dem Vater entdeckten.

Die Mutter billigte meinen Vorschlag, und Luzie erklärte sich gleichfalls damit einverstanden. Darauf eilte ich unter strömendem Regen nach Hause.

So war denn das entscheidende Wort gesprochen, sie hatte meine Wünsche erhört und ich betrat zum erstenmale als ihr Verlobter wieder mein Zimmer.

Die Stille und Einsamkeit um mich her that mir gar wohl. Der Doctor hatte wol nicht ganz Unrecht, wenn er mich mitunter einen Schwärmer schalt. In ruhender Lage mit geschlossenen Augen der abwesenden Geliebten denken, ihr Bild mir vor die Seele zaubern, den Worten nachsinnen, die ich mit ihr ausgetauscht — das war es, womit ich mich in müßigen Stunden am liebsten beschäftigte, und diese Art des Verkehrs mit ihr gewährte mir eine Befriedigung, einen Genuß, wie ihn ihre leibliche Gegenwart mir kaum schöner und reiner gewähren konnte. Und diesem Genusse gab ich mich auch jetzt mit ganzer Seele hin. Während draußen der Kampf der Elemente immer heftiger entbrannte, kam ein süßer Friede über mich und im Anschauen meiner innern Welt verloren, verschwand die äußere ganz und gar vor meinen Sinnen. Als ich aus meinen Träumereien aufwachte, war der Tag hinab gesunken und die Schatten der Nacht umdämmerten mich. Das Gewitter hatte ausgetobt, aber der Himmel hing noch voll schwerer Wolken, und neue Regenschauer zogen heran. Ich fühlte mich ermüdet, und legte mich zur Ruhe. Nach Mitternacht weckte mich der ungewohnte Klang der Thorglocke, die Hunde schlugen an, ein Wagen fuhr auf den Hof und wieder zurück; er hatte den Administrator von Werserode heim gebracht.

Als ich mich am andern Morgen später, wie gewöhnlich, aber nicht, wie sonst, vom Schlummer erquickt erhob, sah ich in einen grauen bleifarbigen Himmel hinein, und als ich das Fenster öffnete, schauerte mir eine naßkalte Luft entgegen, während in meinem Zimmer noch eine dumpfe Schwüle herrschte. An die gewöhnliche Morgenpromenade war heute nicht zu denken, und ich griff daher zu den Zeitungen, welche seit gestern noch ungelesen da lagen. Indem ich eine derselben entfaltete, fiel mein Blick auf eine roth angestrichene Stelle. Sie enthielt die Nachricht, daß ein neuer Justizminister ernannt sei. Jedenfalls rührte der Strich vom Doctor her, welcher die Blätter vor mir bekam. Wenn der Alte gedacht, daß mir diese Nachricht erfreulich sein werde, so hatte er sich nicht geirrt: denn ich durfte mit Rücksicht auf die Persönlichkeit des neuen Chefs erwarten, daß derselbe günstiger für mich gestimmt sein, und meinen Wünschen eher willfahren werde. Mit dem Ordnen des Archivs mußte ich in wenigen Tagen zu Ende sein. Die Hoffnung, die Documente aufzufinden, hatte ich längst aufgegeben, und ich war entschlossen, den Grafen zu bitten, mich von der Revision der Rechnungen selbst für den Fall zu entbinden, daß meine Anstellung so bald noch nicht erfolgen möchte: denn nicht allein, daß ich eine unüberwindliche Abneigung gegen dies Geschäft empfand, mich verlangte zugleich sehnlichst darnach, mich meiner eigentlichen Berufsthätigkeit, wenn auch einstweilen noch ohne Besoldung, wieder gegeben zu sehen. Als ich mich hierüber gegen den Doctor, welcher mich kurz vor Mittag auf dem Archiv besuchte, aussprach, erfuhr ich von ihm, daß Luziens Mutter wieder erkrankt sei.

„Ich müßte mich sehr täuschen," fügte er hinzu,

„wenn drüben nicht wieder etwas vorgegangen wäre, was erschütternd auf ihre Nerven eingewirkt hätte: denn auch Luzien, die sich sonst so wohl zu beherrschen weiß, sah ich mühsam nach Fassung ringen, und der zur Zeit noch gar nicht bedenkliche Zustand ihrer Mutter kann es allein nicht sein, was sie so außer sich gebracht hat."

Eine bange Ahnung durchflog mich.

„War der Administrator zugegen?" fragte ich.

„Er hat sich nicht sehen lassen," erwiderte der Doctor. „Die Magd erzählte mir aber auf Befragen, daß der Oberförster und der Pater Crispin lange bei ihm gewesen und ihn eben erst verlassen hätten."

„So will ich Ihnen das Räthsel lösen," entgegnete ich: „der Oberförster hat um Luziens Hand angehalten."

„Möglich!" entgegnete er. „Weshalb sind Sie ihm nicht zuvor gekommen? Sie hätten sich und Luzien mindestens einen Kampf erspart."

„Weil ich, Ihrem Rathe zufolge, erst mit dem Richterpatente in der Tasche vor ihren Vater hintreten wollte."

„Glauben Sie Ihrer baldigen Anstellung gewiß zu sein?"

„Ich zweifle nicht daran."

„Und ebenso Luziens Zuneigung?"

„Wir haben gestern das Bekenntniß unserer Liebe ausgetauscht."

„So warten Sie in Ruhe das Weitere ab."

„Aber Luzie! Soll ich sie allein lassen in jenem Kampfe? Wird jenes Complot, der Mönch an der

Spitze, nicht inzwischen alle Mittel aufbieten, um zu seinem Zwecke zu gelangen, wird es sie nicht täglich und stündlich bedrängen?"

„Der Festigkeit ihres Willens gegenüber werden sie bald von ihren Angriffen ablassen, und wenn Sie eine Botschaft an sie auszurichten haben, — ich bin Ihr gehorsamer Diener, der sich Ihnen jetzt aber empfehlen muß."

„So bringen Sie ihr einstweilen meinen Gruß und geben mir bald wieder Nachricht von ihr," rief ich dem Abgehenden nach.

„Morgen um diese Zeit sprechen wir uns wieder, bis dahin verhalten Sie sich ruhig," entgegnete er.

Ich versprach ihm das, aber kaum hatte er sich entfernt, da bemächtigte sich meiner eine so tödtliche Angst um die Geliebte, als ob ich sie schutzlos unter ruchlosen Händen gewußt hätte, und wenn mir eben die Maßlosigkeit meiner Empfindungen nicht den Gedanken eingegeben, daß auch meine Befürchtungen übertrieben seien, und ich durch meine Dazwischenkunft vielleicht nur noch größeres Unheil anrichten werde, so würde ich hinüber geeilt sein und ohne Zweifel eine Thorheit begangen haben. Zudem hatte ich ja auch nur noch eine bloße Vermuthung darüber, was dort geschehen sein möchte. So dachte ich denn, meinem Versprechen treu, gelassen abzuwarten, was der morgige Tag mir bringen werde. Es währte lange, ehe er kam, aber endlich kam er doch, und mit ihm der Doctor.

„Ich bin abgewiesen," sagte er, mit einem ironischen Lächeln in mein Zimmer tretend; „die Kranke schlum=

mere noch, ließ mir der Administrator sagen, er wolle mich schon rufen lassen, wenn man meiner Hilfe bedürfe. Jetzt bezweifle ich nicht mehr, daß unser Forstmann unter Assistenz seines geistlichen Freundes seinen Antrag gemacht hat. Ihre Frühpromenaden und vor Allem Ihre gestrige Fahrt scheinen ihm denn doch bedenklich geworden zu sein."

„Rathen Sie mir auch jetzt noch, mich ruhig zu verhalten?" fragte ich.

„Nein," erwiderte er entschieden: „denn nun habe ich die Gewißheit, daß ihr Vater bereits von ihr selbst erfahren hat, was er seiner Zeit besser zuerst von Ihnen hätte erfahren sollen, und es ist daher kein Grund mehr vorhanden, Ihre Widersacher gewähren und ihnen das Feld allein zu überlassen. Ein offenes Handeln Ihrerseits wird gewiß Luziens Wünschen wie Erwartungen entsprechen."

„Also alea jacta," rief ich wieder kehrenden Muthes, „in dieser Stunde noch muß mein Loos entschieden sein." Und wenige Minuten darauf trat ich festen Schrittes, wie meines Sieges gewiß, vor den Administrator hin. Er war allein in seinem Arbeitszimmer und wiewol er anscheinend beschäftigt vor seinem Pulte stand, so verriethen dennoch seine Züge eine große innere Aufregung.

„Ich weiß, was Sie zu mir führt," nahm er, tief aufathmend das Wort, „meine Tochter hat mich bereits von Ihren Absichten in Kenntniß gesetzt. Ich bin davon allerdings überrascht, würde ihnen aber dennoch, vorausgesetzt, daß Sie Luzien eine gesicherte Existenz zu bieten vermöchten, nicht entgegen sein, wenn ich nicht schon anderweite Verpflichtungen eingegangen wäre. Daß ich mich kurz fasse: der Oberförster, ein ehrenwerther Mann in guten Verhältnissen und mein langjähriger Freund, hat mich um die Hand meiner Tochter gebeten und ich habe sie ihm zugesagt."

„Und Luzie?" fragte ich.

„Zu einer weitern Erklärung halte ich mich Ihnen gegenüber nicht verpflichtet," erwiderte er.

„Ist das Ihr letztes Wort?" fragte ich weiter.

Er schwieg eine Weile und versetzte dann, in einen freundlichern Ton übergehend:

„Seien Sie vernünftig, Herr Doctor, und schlagen sich das Mädchen aus dem Sinne, das Sie ja ohnedies kaum kennen gelernt haben, und welches aufzugeben, Ihnen daher noch ein Leichtes sein muß."

„Wollen Sie mir noch ein ruhiges Wort vergönnen?"

„Reden Sie."

„Ueber die Ehrenhaftigkeit des Oberförsters steht mir ein Urtheil nicht zu, wie mir überhaupt seine Persönlichkeit wie seine Verhältnisse fremd sind; daß er aber Ihr Freund ist, wie Sie sagen, ist schon Grund genug für Sie, ihm als Eidam vor mir den Vorzug zu geben, und ich kann es nur billigen, daß Sie seine Wünsche zu den Ihrigen machen, und ihnen jeden möglichen Vorschub leisten."

„Nicht wahr? — Das war einmal vernünftig gesprochen, wie ich es von einem Ehrenmanne, wie Sie, nicht anders erwartet habe," fiel er mir lebhaft in die Rede. „Sehen Sie, ich gewinne durch diese Hei=

rath nichts, sondern verliere im Gegentheil die Zinsen eines schönen Kapitals, das der verstorbene Graf ihr als Pathengeschenk vermacht, aber für einen Freund —"

"Opfert man wol sein Geld, aber nicht sein Kind," unterbrach ich ihn.

"Wer spricht hier von einem Opfer?" fuhr er auf.

"Sie haben mich vorhin nicht zu Ende reden lassen, und mir vielleicht ein zu voreiliges Lob gespendet," entgegnete ich. "Ich habe Ihren Wünschen in Bezug auf diese Verbindung Gerechtigkeit widerfahren lassen, aber mein Verhältniß zu Luzien giebt mir doch wol ein Recht zu der Frage: ob auch sie jene Wünsche nicht allein billigt, sondern ob sie auch zu deren Erfüllung bereit ist: denn im andern Falle würde Ihre Mahnung, Vernunft anzunehmen und einem Mädchen, das mein begehrt, wie ich sein begehre, zu Gunsten eines Andern zu entsagen, den sie verschmäht, der eigenen Vernunft doch gar zu sehr entbehren."

"Sie hat sich bis jetzt weder für Sie noch für meinen Freund ausgesprochen," entgegnete er.

Ich hielt das für eine Unwahrheit und mein Blick mußte es ihm sagen: denn er schlug den seinen nieder und fuhr fort:

"Möglich, daß Sie ihr besser gefallen, wie er; man weiß ja, was es mit dem Verliebtsein der jungen Mädchen auf sich hat, und was ihre Neigungen meist bestimmt. Die Eine hat es auf die Blonden und die Andere auf die Schwarzen stehen, und die es mit den Schwarzen hält, die glaubt es nicht verwinden zu können, wenn sie einen Blonden heirathen soll ꝛc. Luzie ist aber eine viel zu gute Tochter, als daß sie über solchen Dingen das vierte Gebot vergessen sollte."

Die ganze Gemeinheit und innere Rohheit des Mannes offenbarte sich mir in diesen Worten und es war mir wiederum ein freudiger Gedanke, daß er nicht ihr Vater sei. Ich war überzeugt, daß er sich in Luziens Gegenwart solche Aeußerungen nicht erlaubt haben würde, aber um so mehr fühlte ich mich empört darüber, daß er sich gegen mich herausnahm, von ihr und ihrer Neigung in so leichtfertiger, unwürdiger Weise zu sprechen.

„Sie denken also, mit andern Worten, doch von ihr zu erzwingen, was ihr freier Wille Ihnen versagen würde!" versetzte ich.

„Zum Aeußersten, denk ich, wird sie's nicht kommen lassen; von Ihnen aber erwarte ich, daß Sie von nun an Alles vermeiden, was ihr die Erfüllung ihrer kindlichen Pflichten erschweren könnte. Nach der Hochzeit werden Sie mir wieder in meinem Hause willkommen sein."

„Ich verstehe Sie," entgegnete ich, mich der Thür zuwendend, „Sie aber verstehen weder Luzien noch mich."

„Ist es denn nicht möglich, daß wir uns in Güte verständigen, daß Sie freiwillig von dem Mädchen ablassen?" versetzte er, meine Hand ergreifend. „Wenn ich Ihnen nun die Versicherung gebe, daß es mir Leid thut, Ihnen die Hand meiner Tochter versagen zu müssen, ja, daß ich sie Ihnen sogar lieber gegeben hätte wie jenem Menschen, wenn ich nicht eben durch mein Versprechen gebunden wäre."

„Ihrem Versprechen haben Sie ein volles Genüge gethan, wenn Sie Luzien Ihre Wünsche zu erkennen gegeben."

„Ach, es ist auch nicht das Versprechen allein, es ist — es sind — gewisse Verhältnisse, die mich nicht handeln lassen, wie ich möchte. — Daß ich es Ihnen sage: mein ganzes Geschick ruht in seinen Händen, er kann mich verderben und er wird mich verderben, wenn Luzie ihn verschmäht."

„Und einem Menschen, zu dem Sie sich einer solchen Schändlichkeit versehen, wollen Sie das Glück Ihres Kindes anvertrauen!"

„Sie hören ja, weil ich muß," erwiderte er, fast in Thränen ausbrechend.

Ich fühlte Mitleid mit ihm: denn jetzt sprach die Wahrheit aus seinem Munde, und ich versetzte:

„Ueberzeugen Sie Luzien von dieser Nothwendigkeit, und dann mag sie entscheiden."

„Es giebt Geheimnisse, die man am wenigsten seinen Kindern offenbaren kann, das meine ist der Art."

„Und dennoch vermag ich Ihnen eine andere Erklärung nicht zu geben. Ich würde mich jeder Einwirkung auf Luziens Entschluß enthalten haben, auch wenn Sie mir ferner den Zutritt zu ihr gestattet hätten, aber verzichten kann ich auf mein Anrecht nur, wenn sie selbst ein solches Opfer von mir fordert. Ich ersuche Sie nur noch um Eines: wenden Sie immerhin alle Künste der Ueberredung an, sie Ihrem Willen geneigt zu machen, aber greifen Sie nicht zu unredlichen Mitteln: denn in diesem Falle würden Sie mich zwingen, mich des verletzten Theiles anzunehmen und Ihnen feindlich gegenüber zu treten. Sie wissen: auch die Rechte des Vaters haben ihre Grenze, und wo diese überschritten wird, da hören auch die Pflichten des Kindes auf."

Der Administrator war wie vernichtet. Eine Leichenblässe bedeckte sein Gesicht und er versetzte mit tonloser Stimme:

„So gehen Sie!"

Und ich verließ ihn, auf's Tiefste erschüttert: denn ich nahm die Ueberzeugung mit mir, daß irgend eine schwere Schuld die Seele dieses Mannes belaste, daß der Oberförster darum wisse und Luzie der Preis sein solle, um den allein er Schweigen gelobt habe. Zugleich aber machte ich mir kein Hehl daraus, daß sie, um ihren Vater zu retten, sich zum Opfer bringen und einem Manne sich werde antrauen lassen, von dem ihr Inneres sich vielleicht schaudernd abkehre, ja, dessen körperliche Berührung ihr schon Ekel und Abscheu erregen müsse. Ich konnte diesen Gedanken nicht abweisen, aber ich bebte wie vor einem Abgrunde davor zurück, ihm nachzuhangen, ihn mir in seiner ganzen nackten Abscheulichkeit auszudenken: denn er würde meine Seele unaufhaltsam dahin gerissen haben, wo das Reich des Lichtes und der Ordnung endet: in Nacht und Wahnsinn. Und dennoch empfand ich eine namenlose Qual, die mich ruhelos umher trieb; es war ein Wallen und Wogen in meinem Innern, als sei dort eine Glut entbrannt, die sich vergebens einen Ausweg suche. Aber in diesen Flammen begann meine

Liebe sich von den Schlacken der Selbstsucht zu reinigen. Denn jetzt würde ich es schon als ein unendliches Glück, als einen Segen des Himmels empfunden haben, wenn ich die Geliebte nur verloren, ohne daß sie eines Andern, ohne daß sie die Gattin dieses Menschen geworden wäre. Und das war es, was ich einzig noch zu hoffen wagte, und diese Hoffnung war es wiederum, welche mich allein aufrecht hielt in jenen Tagen. Und — wunderbar! — ich baute sie auf eben jenen Grund, dem all mein Elend entstammte: auf die Niedrigkeit seiner Gesinnung. Sie kann er ja nicht wollen, sagte ich mir, so wenig wie das Böse das Gute will, sein Trachten ist nur darauf gerichtet, was ihm zufällt mit ihr, auf ihr Geld, und so läßt sich vielleicht mit ihm handeln. Seit der Doctor bei ihrer Mutter nicht mehr zugelassen wurde, gebrach es mir freilich an jedem Mittel, mich mit ihr in Verbindung zu setzen, und auch der Freund wußte mir keinen andern Rath, als mich dem Grafen anzuvertrauen, und dessen Vermittelung in Anspruch zu nehmen. Zu diesem Schritte konnte ich mich aber um so weniger entschließen, als der Oberförster, in diesem Falle um seine Beute betrogen, gewiß erst recht jenes Geheimniß verrathen haben würde, von dessen Bewahrung das Wohl oder Wehe ihres Vaters, und somit mehr oder weniger auch das seiner Familie abzuhängen schien.

Die Woche verging, ohne daß mir von drüben irgend eine Nachricht zukam; aber auch von einer Verlobung verlautete nichts. Der Hubert hatte nur erfahren, daß die Mutter noch immer das Bett hüte, und Luzie sie gar nicht verlasse, sowie, daß der Pater Crispin noch häufiger wie sonst im Hause verkehre, und auch die Kranke schon mehrmals besucht habe. Ich hatte gehofft, Luzien am nächsten Sonntage beim Frühgottesdienste in der Kapelle wenigstens zu sehen, aber vergebens; nur der Administrator erschien. Er sah wo möglich noch bleicher und verstörter aus, als in dem Augenblicke, wo ich ihn zuletzt verlassen. Er schien sich also noch immer in gleicher Bedrängniß zu befinden, und weder den Oberförster zur Entsagung, noch seine Tochter zur Einwilligung in seine Wünsche vermocht zu haben.

Meine Archivarbeiten waren jetzt beendet, und es wäre somit an der Zeit gewesen, den Grafen um meine Entlassung anzugehen: allein wie hätte ich mich unter den gegenwärtigen Verhältnissen zu einer Entfernung von dort entschließen mögen! Wie würden meine Widersacher frohlockt haben, wenn ich selber ihnen das Feld geräumt, und hätte nicht auch die Geliebte irre an mir werden können, würde sie nicht mit jenen angenommen haben, daß ich unsere Sache für eine verlorene halte! So ging ich denn zur Revision der Rechnungen über, und zwar zunächst derer aus den letzten fünf Jahren. Es waren dem Grafen drei Kirchdörfer und sechs Bauerschaften, als zum Gutsverbande von Kleinbach gehörig, zinspflichtig, die meisten Naturalleistungen aber in Geldrenten umgewandelt, so daß die Rechnungen mit ihren Hebelisten und Belägen sehr starke Volumina bildeten und ihre Prüfung nicht wenig Mühe und Arbeit zu erfordern schien. Nachdem ich indeß einige Einsicht von ihnen genommen hatte, um mich vorerst über ihre innere Form zu belehren, überzeugte ich mich, daß sie äußerst sauber und übersichtlich geführt waren und das Mechanische des Geschäfts sich sonach ohne erhebliche Schwierigkeiten werde abthun lassen. Die Arbeit ging daher auch viel rascher von Statten, als ich gedacht, und sie war insofern sogar interessant, als sie mir Gelegenheit gab, die bäuerlichen Verhältnisse, wie sie sich seit Aufhebung der Leibeigenschaft gestaltet hatten, näher kennen zu lernen. Zu diesem Zwecke, und um recht gründlich zu verfahren, nahm ich auch die Rent= umwandelungs=Verträge zur Hand, und verglich solche probeweise mit den Belägen. Da stieß mir denn ein Fall auf, wo ein Colon, welcher eine Fruchtrente zu leisten gehabt, solche aber in eine Geldrente hatte umwandeln lassen, in den Rechnungen noch unter denjenigen figu= rirte, welche zu Naturalprästationen verpflichtet waren. Ich nahm an, daß der erste Vertrag durch einen spä= teren wieder aufgehoben sei, und revidirte in ähnlicher Weise weiter. Es kamen indeß nun mehre derartige Fälle vor, und dies gab mir Veranlassung, dem Grunde dieser Erscheinung näher nachzuforschen, und mich insbesondere nach den etwa vorhandenen neuern Verträgen umzusehen, allein es fanden sich deren keine vor. Wiewol diese Entdeckungen den Verdacht in mir entstehen ließen, daß ich einem Betruge auf die Spur gerathen sei, so gab ich mich demungeachtet noch der Hoffnung hin, daß die Sache sich später als ein Irr= thum erweisen möge. Im weitern Verlaufe des Ge=

schäfts erschien es mir jedoch ferner auffällig, daß, ungeachtet die betreffenden Landgemeinden im Rufe der Wohlhabenheit standen, verhältnißmäßig viele Zins= pflichtige als unzahlfähig bezeichnet und ihre Armuth nur durch die Ortsvorsteher, und zwar auf gedruckten Formularen, bescheinigt war, während solche durch Unpfandbarkeits=Berichte des Exekutors hätte constatirt werden sollen. Ich fand mich daher bewogen, bei dem Schulzen von Werserode, welcher ja auch zugleich die Stelle eines Ortsvorstehers bekleidete, über die Ver= mögensverhältnisse einiger als arm aufgeführten Ein= gesessenen Erkundigung einzuziehen. Statt meine schriftliche Anfrage ebenso zu beantworten, erschien er andern Tags in Person bei mir. Als ich ihn davon in Kenntniß setzte, was mich zu jener Anfrage veran= laßt habe, gab er mir seine Verwunderung darüber zu erkennen, und stellte in den meisten Fällen die Armuth der betreffenden Personen entschieden in Abrede. Ich legte ihm nun mehre mit seiner Unterschrift versehene Atteste vor. Er sah sich dieselben auf das genaueste an, und schüttelte schweigend sein Haupt. Nachdem er solche sämmtlich wiederholt betrachtet, und das eine mit dem andern verglichen hatte, versetzte er:

„Was soll ich sagen, Herr! Das geht über meinen Verstand. Meine Unterschrift ist es, das kann ich nicht leugnen, und doch möchte ich einen Eid darauf thun, daß ich sie nicht dahin gesetzt habe."

„Und aus welchem Grunde glaubt Ihr das nicht?" fragte ich.

„Weil ich nichts als wahr bescheinige, was gelogen

ist," erwiberte er entrüstet. „Ueberdies weiß ich bestimmt, daß meine Nachbarn, die Erbpächter Corb und Wilmms, ihren Zins so gut entrichtet haben, wie ich den meinigen: denn ich habe in den letzten Jahren ihre Frucht oft mit meiner eigenen zu Markte fahren und verkaufen lassen, und aus dem Erlöse selber Zahlung für sie geleistet."

Ich schlug jetzt in mehren Rechnungen die Namen dieser Erbpächter auf, aber sie waren überall als unzahlfähig bezeichnet. Als ich an den vorletzten Jahrgang kam, und auch hier ein Gleiches fand, rief der Schulze, welcher mit gespannter Aufmerksamkeit meinen Nachforschungen gefolgt war, seine Hände zusammenschlagend, aus:

„Gott behüte und bewahre uns, da hat der Böse seine Hand darin. Lese ich denn recht? — Da soll ich unterm vierzehnten November 18—, also gleich nach Martinitag, die Armuth der beiden Erbpächter bescheinigt haben, und ich habe doch dazumal schwer krank an der Gicht danieder gelegen und nicht Hand noch Fuß rühren können. Diese Unterschriften hier, und wenn sie auch der meinigen ähnlich sehen wie ein Ei dem andern, sind doch nun und nimmermehr von mir, die hat ein Anderer dahin gesetzt."

„Und wer, meint Ihr, könnte dieser Andere sein?" fragte ich.

„Gott behüte und bewahre uns," rief er wiederum. „Ja, wer kann es sein? wer muß es sein? Das sagt einmal selber. Ich habe mir wol schon früher Gedanken gemacht über Dies und Jenes, aber ich habe sie mir immer als sündhaft wieder aus dem Sinne geschlagen und sie keinem Menschen, selbst meiner Frau nicht, verrathen, aber nun muß es doch wahr sein, was ich mich zu denken gefürchtet."

Der Schulze ging mit raschen Schritten im Zimmer auf und nieder und wischte sich von Zeit zu Zeit den Schweiß von der Stirn, während ich, vielleicht weniger überrascht, aber nicht minder aufgeregt, mich in meinen Sessel geworfen hatte. Strafwürdige Thaten geschehen überall und zu allen Zeiten, ihre Zahl bleibt sich, wie die Zahl der Geburten und Sterbefälle, in jedem Jahre mit unerheblichen Abweichungen fast gleich, als ob auch sie in ihrer regelmäßigen Wiederkehr auf einer gewissen Naturnothwendigkeit beruhten, und die Kunde von ihnen läßt uns daher in der Regel mehr oder minder gleichgültig. Wenn aber innerhalb des Kreises, worin wir uns bewegen, in der Gestalt eines Bekannten oder gar eines Freundes, dem wir vielleicht eben noch die Hand gedrückt, plötzlich das Verbrechen vor uns hintritt, so faßt uns ein Grauen, als ob die Ordnung der Natur sich verkehrt, und sich vor unsern Augen ein scheinbar Unmögliches begeben habe, ja, wir stellen an uns selbst wol unwillkürlich die Frage: ob wir unter Umständen nicht auch solcher Handlung fähig sein möchten: denn der sie begangen, war ja ein Mensch, nach unserer frühern Meinung von ihm, nicht besser noch schlechter, wie wir.

So mochte es dem Schulzen sein. Er sah sich immer von Neuem seine Unterschrift an, sprach die Tages- und Jahreszahl laut vor sich hin, als ob er seinen Augen oder seinem Gedächtnisse nicht traue, aber sein Namen stand da, klar und deutlich, und die Gicht hatte er damals auch gehabt, das wußte er nur zu gewiß, und er schüttelte wiederum das graue redliche Haupt, welches das Unbegreifliche nicht fassen konnte. Endlich trat er zu mir und sprach:

„Erlaubt mir eine Frage. Ist das Eures Amtes, daß Ihr die Rechnungen nachgesehen? ich meine, habt Ihr vom Grafen Auftrag dazu, oder habt Ihr nur so zufällig da hineingeblickt?"

„Ich habe vom Grafen den Auftrag," erwiderte ich.

„Da ist ihm freilich nicht mehr zu helfen, sonst würde ich Euch gebeten haben, die Sache um seiner Familie willen auf sich beruhen zu lassen; dem Grafen hätte deshalb doch auf Heller und Pfennig sein Recht werden sollen, dafür hätte ich eingestanden. Was denkt Ihr nun zu beginnen?"

„Ich werde mir vorerst unter der Hand nähere Beweise seiner Schuld zu verschaffen suchen, und ich rechne dabei auf Eure Mitwirkung."

„Könnt Ihr mich nicht aus dem Spiele lassen?"

„Wenn es auch in Euren Wünschen liegt, daß die Sache einstweilen noch geheim bleibe und der Graf darin freie Hand behalte, so werdet Ihr mir Eure Hilfe nicht versagen."

„Und was wollt Ihr, daß ich thun soll?"

„Den Erbpächtern unter irgend einem Vorwande ihre Zinsquittungen abfordern und sie mir einhändigen."

„Das soll geschehen."

„Und dann noch Eines! Ist es Euch vielleicht bekannt, ob die Colonen — ich nannte ihre Namen — ihren Zins in Frucht oder in baarem Gelde zu entrichten haben?"

„In baarem Gelde," erwiderte er bestimmt.

„Die Rechnungen besagen aber das Gegentheil; überzeugt Euch selbst davon."

Er las und las wieder und sein Staunen kannte keine Grenzen.

„Nun muß ich an die Luft, Herr Doctor," versetzte er Athem schöpfend, „mir ist von all' dem ganz elend zu Sinne und es geht mir wie toll im Kopfe herum. Thut, was Euch gut dünkt, er hat es nicht besser verdient und die Quittungen schaffe ich Euch zur Stelle."

Der Schulze ging, und damit er nicht etwa mit dem Administrator zusammen treffen möchte, was er fürchtete, führte ich ihn durch eine Hinterpforte auf den Weg zu seinem Dorfe.

Jetzt hatte auch ich erst Muße, meine Lage, meine Stellung zur Sache und zu den Personen ruhig zu überdenken. Die Schuld des Administrators war, wenn auch noch nicht in ihrem ganzen Umfange ermittelt, doch schon jetzt außer allen Zweifel gestellt, und wenn sich die Beweise erst in meinen Händen befanden, mußte ich sie auch zur Kenntniß des Grafen bringen. Mochte dieser nun den Schuldigen vor Gericht stellen, oder insofern Gnade vor Recht ergehen lassen, daß er ihn einfach seines Amtes entsetzte, dem Oberförster war jedenfalls mit seinem Geheimnisse das Mittel entzogen, zur Erreichung seiner Absichten einen moralischen Zwang auszuüben; Luzie war seiner Gewalt entrissen. Aber freilich — um welchen Preis! Was jener, von ihr verschmäht, aus Rachsucht verrathen haben würde, das gebot mir die Pflicht zu offenbaren. Sein wird sie nicht, aber wird sie deshalb dein? Wird sie dem Ankläger ihres Vaters ihre Hand reichen? fragte ich mich. Vielleicht, wenn sie erfährt, daß er nicht ihr Vater. Ein Strahl der Hoffnung blitzte in mir auf, um ebenso rasch wieder zu erlöschen. Wenn sie erfährt, daß ihre Mutter sie in Schande geboren, daß sie ein Kind der Sünde — nein, das konnte nicht der Weg sein. Doch, es stand der Geliebten ein unabwendbarer Schmerz bevor, wie mochte ich jetzt Sorge tragen um mein eignes Glück! Thue, was du für deine Pflicht erkennst und das Andere überlaß dem Lenker aller Dinge! Mit diesem Zurufe beschwichtigte ich mein Fürchten und mein Hoffen und setzte am folgenden Tage meine freudlose Arbeit fort. Bei Revision der folgenden Jahrgänge machte ich, wie zu erwarten, dieselben Entdeckungen, und ich nahm nun eine förmliche Verhandlung darüber auf. Der Schulze übersandte mir nicht allein die Quittungen der Erbpächter, sondern auch die der Colonen und ich fügte sie der Verhandlung bei. Jetzt konnte meinerseits zur Feststellung weiterer Unterschleife nichts mehr geschehen, wenn ich nicht Gefahr laufen wollte, die Sache ruchtbar werden zu lassen: denn wenn ich an die übrigen Ortsvorsteher ein ähnliches Ansinnen gerichtet hätte, wie an den von Werserode, so würde solches jedenfalls in den bezüglichen Ortschaften Aufsehen erregt haben, und man würde leicht auf die Vermuthung gerathen sein, daß in der Geschäftsführung des Administrators irgend etwas nicht in der Ordnung sein müsse. So war denn der Zeitpunkt gekommen, wo ich dem Grafen meine Entdeckungen nicht länger mehr vorenthalten konnte. Hätte ich mich einer eigenen Schuld vor ihm anzuklagen gehabt, ich würde weniger vor diesem Momente gezagt haben. Und dennoch mußte ich es als ein Glück erkennen, daß ein Zweifel darüber, was ich zu thun oder zu lassen hatte, in mir gar nicht entstehen konnte. Während einer schlaflosen Nacht überlegte ich mir, welche Maßregeln ich dem Grafen anempfehlen solle, im Falle er meinen Rath begehren möchte. Ein Theil der Schuld fiel offenbar auch auf ihn wie auf seinen Vater. Der Administrator war als ein armer Schreiber in ihre Dienste getreten, und sie hatten ihm nach und nach die Verwaltung des Gutes anvertraut, aber dabei in beispielloser Weise jede Aufsicht auch selbst da noch vernachläßigt, als sein rasch zunehmender Wohlstand, welcher ihm erlaubt hatte, mehre Colonate anzukaufen, ihnen seine Treue hätte verdächtigen sollen. Er hatte freilich jedes Jahr Rechnung gelegt, und sie auf dem Archive deponirt, es war aber Jahr auf Jahr vergangen, ohne daß auch nur eine einzige geprüft worden wäre, wiewol er selbst früher darauf gedrungen hatte, wie ich aus den Acten ersehen. Und nicht das allein, — er war ein täglicher Zeuge der unsinnigsten Verschwendung, der maßlosesten Ausschweifungen um sich her, welcher Anreiz, welche Versuchung für ihn, sich einen Theil jener Schätze anzueignen, welche er seinen Herren für nichts achten sah, sich die Mittel zu verschaffen, auch seine also angeregten Lüste zu befriedigen! Ja, es hätte sehr gefestigter Grundsätze, eines großen sittlichen Fonds bedurft, wenn er in solcher Lage solchen Versuchungen dauernd widerstanden. In diesem Sinne dachte ich dem Grafen Vorstellungen zu machen, und den irre geleiteten Diener seiner Nachsicht zu empfehlen. Das Schicksal hatte es anders beschlossen.

Am folgenden Morgen, als ich mich eben angekleidet, überbrachte mir Hubert ein Billet vom Doctor, worin er mir kurz mittheilte, daß Luzie mit ihrer Mutter im Park umher wandle. Ich hatte mühsam wieder einige Ruhe in mein Inneres gebracht, diese Nachricht aber rief den früheren Sturm wieder wach. Das Gefühl meiner Liebe, von den Eindrücken der letzten Tage zurück gedrängt, schlug jählings mit verstärkter Glut in hellen Flammen auf, jeden andern Gedanken, jede andere Empfindung verzehrend, und mit unwiderstehlicher Gewalt riß es mich hin zu ihr. Schon stürmte ich, an Hubert vorüber, die Treppe hinab, den Flur entlang hinaus in's Freie, da sah ich den Oberförster, mit der Magd des Administrators im Gespräch begriffen, vor dessen Thüre stehen, und — ich hemmte meine Schritte. Wie konnte ich, dies unselige Geheimniß in der Brust, der arglosen Geliebten vor die Augen treten! Wie mochte ich, schon zu dem Schlage ausholend, der das Haupt ihres Vaters treffen sollte, die Trauernde trösten oder die Hoffende in ihren Hoffnungen bestärken! — Nein, ich durfte sie nicht eher wieder sehen, als bis der Schlag gefallen war, bis ich mit dem Bekenntnisse vor sie hintreten konnte: „siehe, ich bin es gewesen, welcher Deinen Vater angeklagt hat, ich habe gethan, was ich gemußt, nun entscheide Dich." — Ich kehrte um und eine Stunde darauf stand ich im Gemache des Grafen. Er erwiderte meinen Morgengruß mit einem ungewöhnlichen Ernste, dann nahm er ein Papier vom Tisch und versetzte, mir solches darreichend:

„Ich war eben im Begriff, Sie zu mir bitten zu lassen. Lesen Sie diesen Brief, welcher mir so eben zugegangen."

Er war von der Hand des Administrators und von einem holländischen Grenzorte datirt. Ich glaubte seinen Inhalt zu errathen und übergab dem Grafen dagegen meine Revisionsverhandlung. Im Eingange des Briefes klagte der Administrator sich in den leidenschaftlichsten Ausdrücken gar schwerer Verbrechen gegen seinen Herrn und Wohlthäter an. Dann ging er zu einem speziellen Bekenntnisse derselben über und gestand nicht allein, daß er sich seit Jahren vielfacher Veruntreuungen schuldig gemacht — er gab den Betrag der unterschlagenen Gelder auf etwa achttausend Thaler an — sondern auch, daß er, von dem Sachwalter des schlesischen Barons bestochen, Ersterem die vermißten Documente überantwortet habe.

„Um die Unterschlagungen hat auch der Oberförster gewußt," schrieb er ferner, „und er stand auf dem Punkte, sie Ihnen zu verrathen, weil meine Tochter sich weigerte, ihn zu ehelichen. Um mich zu retten, würde sie gewiß seinen Wünschen nachgegeben haben, wenn ich ihr bekannt hätte, welche Folgen ihre Weigerung für mich nach sich ziehen würde. Aber — wollte ich nicht Schuld auf Schuld häufen oder schämte ich mich vor meinem Kinde? — ich zog es vor, zu entfliehen. Von den Documenten habe ich Abschriften zurück behalten, sie befinden sich in einem verborgenen Fache meines Sekretärs, welches der Oberförster kennt. Sie werden, denke ich, in Verbindung mit meinem gegenwärtigen Briefe, nicht ohne Werth für Ihre Sache sein, und wenn mein Vermögen Ihnen einen vollen Ersatz für die Verluste zu gewähren vermag, welche ich Ihnen zugefügt habe, so werden jene Ihnen vielleicht zur Durchführung Ihrer Lehensansprüche dienlich sein."

Am Schlusse brach er wieder in heftige Verwünschungen gegen sich selber aus, daß er einen so gütigen Herrn, der es nur darin versehen, daß er ihm, wie **freilich allen seinen Dienern**, zu viel Vertrauen geschenkt, so schändlich hintergangen habe.

Der Graf, welcher inmittelst auch meine Verhandlung gelesen, versetzte:

„Es ist nur eingetreten, was ich gefürchtet habe, als ich Sie bat, die Rechnungen zu prüfen. Daß ich mich selbst dabei nicht ohne Schuld weiß, schmerzt mich mehr, als meine Verluste. Er war ein tüchtiger Verwalter, der, wenn er mich auch um einige Tausende betrogen, dennoch meine Einkünfte im Ganzen vermehrt hat. Er würde vielleicht auch ein redlicher Verwalter geblieben sein, wenn wir ihm den Betrug nicht so leicht gemacht hätten."

„Das läßt allerdings seine Veruntreuungen in einem milderen Lichte erscheinen, aber die Entwendung der Documente —"

„Läßt sich freilich nicht in gleicher Weise entschuldigen, ja sie erscheint in jedem Betracht als eine nichtswürdige That, und insofern ist es mir lieb, daß er mich durch seine Flucht der Nothwendigkeit überhoben hat, ihn vor Gericht zu stellen. — Welchen Werth legen Sie auf die Abschriften?"

„Ich muß erst Einsicht von ihnen nehmen, bevor ich darüber urtheilen kann," erwiderte ich.

„Ich werde dem Oberförster Auftrag geben, sie aufzusuchen und sie Ihnen zu behändigen; wir reden dann zu einer gelegnern Zeit weiter darüber. Der Baron darf keinenfalls compromittirt werden. Ist Ihnen in dem Briefe keine Stelle besonders aufgefallen?"

„Wie ich glaube, sind die Worte: ‚wie freilich allen Ihren Dienern' nicht ohne Absicht unterstrichen."

„Sie scheinen auf den Oberförster zu deuten!"

„Ohne Zweifel; wenn er auch nur einen Verdacht gegen ihn hegen mag, weil er ihn ähnlicher Handlungen fähig hält. Vertrauen erweckend ist das Benehmen dieses Mannes keinenfalls. Hätte er, von der Schuld des Administrators unterrichtet, geschwiegen, weil er an ihm als seinem Freunde nicht zum Verräther werden wollte, so ließe sich sagen, er habe die Pflichten des Dieners verletzt, weil er die des Freundes für heiliger gehalten. Wie es aber mit seiner Freundschaft bestellt gewesen, darüber hat uns der Brief belehrt, und so bleibt denn nur der untreue Diener zurück."

„Ich werde sehen, wie er sich rechtfertigen mag," versetzte der Graf, indem er den Schellenzug rührte.

In demselben Augenblicke erschien auch schon der Kammerdiener.

„Ruf mir den Oberförster," befahl der Graf.

„Er läßt sich so eben bei Euer Gnaden anmelden."

„Gut, ich erwarte ihn."

Ich bat den Grafen, mich entfernen zu dürfen, und er entgegnete:

„So nehmen Sie mir unterdeß eine andere Last ab, indem Sie die Familie des Administrators von dem Vorgefallenen in Kenntniß setzen. Versichern Sie dieselbe zugleich meiner innigsten Theilnahme und sagen ihr in meinem Namen, daß ich ihr Vermögen unangetastet lassen werde, und sie sich um ihre Zukunft keinerlei Sorge machen sollten."

Ich versprach ihm, was ich auch ohne seine Bitte gethan haben würde, nur daß seine edelmüthige, uneigennützige Zusage mir meinen Gang in etwa erleichterte. Als ich das Gemach verließ, trat, verstörten Aussehens, der Oberförster ein.

Ich war entschlossen, mich meines Auftrags sofort zu entledigen, und begab mich deshalb zum Hause des Administrators. Bei meinem Eintritte glaubte ich ein dumpfes Schluchzen zu vernehmen. Ich horchte auf und es wiederholte sich. Der Laut kam von der Küche her. Ich öffnete leise die Thür derselben. Die Magd saß am Herde niedergekauert, die Schürze über den Kopf geschlagen, und weinte.

„Was ist geschehen?" fragte ich sie berührend.

„O du mein Elend!" jammerte sie, „es ist ein Brief vom Herrn gekommen und wie unsere Frau den gelesen, hat sie gleich ihre Krämpfe gekriegt und nun liegt sie da wieder wie todt. Was in dem Briefe steht, weiß ich nicht, aber es muß wol recht was Schlimmes sein, denn Mamsell Luzie ist auch todtenbleich geworden und hat einen lauten Schrei gethan, als sie hinein gesehen."

Ich eilte in das Familienzimmer. Die Mutter lag auf dem Sopha ausgestreckt, aber ihr Aussehen war diesmal nicht, wie bei dem früheren Anfalle, mehr das einer Ohnmächtigen. Ihre Augen waren weit geöffnet und standen, den Blick auf Nichts gerichtet, starr und unbeweglich in ihren Höhlen, während ihr Gesicht jenen unheimlichen, grinsenden Ausdruck zeigte, welchen die Aerzte wol „das sardonische Lächeln" genannt haben. Der Doctor, welcher ihr zu Häupten saß, sah mich ernst und bedenklich an, und gab mir einen Wink, mich ruhig zu verhalten. Luzie kniete vor ihr nieder und wandte mir ein leichenblasses Angesicht zu. Dann deutete sie auf einen Brief, der auf dem Tische lag. Ich nahm ihn und las, was ich bereits wußte. Der Administrator hatte seiner Frau mit wenigen Worten seine Flucht und deren Veranlassung angezeigt.

„Ich komme eben vom Grafen," flüsterte ich ihr zu, „er hat ein ähnliches Schreiben erhalten und läßt Sie seiner innigsten Theilnahme versichern."

Sie nickte. Daß er auf ihr Vermögen keinen Anspruch machen wolle, ließ ich unerwähnt: denn was ihr später ein Trost sein mochte, würde sie in diesem

Augenblicke, wo eine heiligere Sorge ihr Herz erfüllte, vielleicht nur unangenehm berührt haben.

„Willst Du nicht einmal nach dem Bade sehen? Luzie!" sagte der Doctor.

Sie sprang auf, und als sie das Zimmer verlassen, zog mich der Alte bei Seite und versetzte leise:

„Luzie klagt sich an, daß sie dies Unglück habe abwenden können, wenn sie ihrem Vater gehorsam gewesen sei; wie soll ich das verstehen?"

„So glaubt sie, wenn sie sich nemlich dem Oberförster verlobt hätte," erwiderte ich, „aber sie würde dies Opfer vergebens gebracht haben: denn der Oberförster war schon nicht mehr allein im Besitze seines Geheimnisses. Ich hatte die Schuld ihres Vaters schon vor dessen Flucht entdeckt und ich mußte sie früher oder später auch zur Kenntniß des Grafen bringen. So würde sie durch ihre Nachgiebigkeit nichts verhindert haben, als eben seine Flucht. Die aber darf sie nicht wohl beklagen: denn er ist dadurch vielleicht einer langwierigen, schmachvollen Strafe entgangen."

„So stand es freilich nicht mehr in ihrer Macht, ihn zu retten, und ich kann sie darüber doch mindestens beruhigen, wenn da eintreten möchte, was ich besorge," erwiderte der Doctor.

„Steht es so schlimm um die Kranke?" fragte ich erschrocken.

„Ich habe wenig Hoffnung, die Symptome treten diesmal gar zu bedenklich auf," erwiderte er.

Luzie trug mit Hülfe der Magd eine Badewanne herbei und ich mußte mich somit entfernen. Ich hätte sie in dem Gefühle des ihr drohenden Verlustes an mein Herz reißen mögen, aber ihre äußere Ruhe bildete eine Schranke zwischen ihr und mir. Sie ließ mich scheiden ohne mir mehr, als einen bekümmerten Blick zu gönnen. Ich galt ihr wenig oder nichts zu dieser Stunde, ja, ich stand außerhalb des Kreises ihrer Gedanken und Gefühle, die sich allein um ihre Mutter bewegten. Es konnte wol nicht anders sein, aber es that mir dennoch weh. Weshalb läßt sie dich nicht Antheil nehmen an ihrem Schmerze, hat deine Liebe doch ein Anrecht darauf! dacht ich. Ich hätte, so wußt' ich, in ihrer Lage anders empfunden.

Als ich mein Zimmer wieder betrat, fand auch ich dort einen Brief vor. Er kam von hoher Stelle und gewährte mir, um was ich gebeten. Ich war zum Einzel-Richter in einer kleinen Landstadt ernannt, und sollte schon am ersten des folgenden Monats mein Amt antreten. Bis dahin waren aber nur noch einige Tage, dann mußte ich also Kleinbach verlassen. Ich empfand weder Freude über das Eine, noch Schmerz über das Andere. Mein Wohl oder Wehe mußte an einer andern Stelle entschieden werden, knüpfte sich an andere Bedingungen, als an mein Bleiben oder Gehen; so lange ich dieses Spruches noch harrte, war ich unempfänglich für jeden andern Eindruck.

Die Kunde von jenem Ereignisse war inmittelst auch zu dem Gesinde gedrungen, und die alte Lisbeth, welche mich in letzterer Zeit immer seltener bedient hatte, fand sich heute einmal wieder bei mir ein, um ihr Herz zu erleichtern. Sie beklagte zwar das

Schicksal der beiden Frauen, aber die Freude, daß sie den Abministrator richtig gewürdigt, und daß sie ein solches Ende voraus gesehen habe, wie sie sagte, schien doch ihr Mitleid noch zu überwiegen.

Gegen Abend überbrachte mir der Graf selber die Abschriften der Documente, und nachdem ich ihn mit meiner Beförderung bekannt gemacht hatte, ersuchte er mich, ihm vor meiner Abreise nur noch ein schriftliches Gutachten über das rechtliche Gewicht jener Copien mitzutheilen. Ich sagte ihm solches um so bereitwilliger zu, als mir jede Thätigkeit willkommen war, welche mich von mir selber abzog. Ich gab mich denn auch sofort an die Arbeit, und vollendete sie noch in derselben Nacht. Der Graf mußte seinen Rechtsstreit gewinnen, und es war zu vermuthen, daß die Gegenpartei es dazu gar nicht werde kommen lassen. Darauf entwarf ich ein im Sinne des Grafen abgefaßtes Schreiben an den Baron, in welchem ich, ohne die Entwendung der Documente zu berühren, nur der Abschriften, welche sich unter den Papieren des entflohenen Verwalters vorgefunden hätten, gedachte. Als ich auch damit zu Ende war, begann der Morgen zu grauen. Ich löschte das Licht aus, lehnte mich in meinen Sessel zurück und entschlief. Nach einigen Stunden festen Schlummers weckte mich ein Geräusch. Lisbeth war mit dem Frühstück eingetreten.

„Wissen Sie denn? sie ist todt," sagte sie.

„Todt! wer ist todt?" rief ich aufspringend.

„Die Frau Abministrator; gegen drei Uhr ist sie gestorben."

„Wer sagt das, Lisbeth? wer hat sie sterben sehen?"

„Der Doctor und der Pater haben ihr das Ende abgewartet, und dieser hat eben schon eine Messe für sie gelesen."

Ich eilte hinüber zum Doctor. Hubert räumte eben in seinem Wohnzimmer auf und sagte mir, daß sein Herr sich erst vor einer Stunde zur Ruhe gelegt habe. Er hatte nicht allein ihren Tod aus seinem Munde vernommen, sondern auch, daß sie kurz zuvor noch einen lichten Augenblick gehabt und der Pater Crispin ihr die Sterbesacramente gereicht habe. Dann aber sei sie wieder von heftigen Krämpfen befallen und, wie der Doctor sage, habe ein Herzschlag ihrem Leben ein Ende gemacht. Ich hatte noch eine leise Hoffnung genährt, daß ein bloßer Scheintod ihre Sinne gefesselt halte, jetzt konnte ich das Gegentheil nicht mehr bezweifeln. So drängte denn Alles zur Entscheidung. Ich bat Hubert, mich davon zu benachrichtigen, wenn der Doctor aufgestanden sein werde, dann kehrte ich nach einigen Gängen durch den Park auf mein Zimmer zurück. Gegen zehn Uhr fand der Doctor sich selbst bei mir ein. Sein Gesicht hatte wieder jenen freundlichen, milden Ausdruck, der ihm zuerst mein Herz erschlossen hatte, und den es allemal annahm, wenn sein Inneres von frommen Gefühlen bewegt war. Er bestätigte, was ich von Hubert erfahren hatte und versetzte dann:

„Ich komme eben wieder aus dem Sterbehause, und freue mich, Luzien auch jetzt noch so wunderbar gefaßt gefunden zu haben. Sie sitzt an der Leiche ihrer Mutter, als ob sie nur deren Schlummer bewache. Kaum, daß sie einen Schmerz über das zu empfinden scheint, was sie verloren, ihr ganzes Herz geht in Dankbarkeit gegen den Himmel auf, daß er der Hingeschiebenen noch die Gnade hat zu Theile werden lassen, die Heilmittel der Kirche zu empfangen. Sie hat mit ihr das heilige Mahl genommen, und als gleich darauf der letzte, schwere Kampf begann, und ich selbst tieferschüttert am Lager der Sterbenden stand, da zeigte sie eine Kraft, eine Stärke, welche mich hätte verletzen können, wenn es nicht so sichtbar gewesen wäre, daß sie ihr nur von Oben komme. ‚Muth! Muth! liebe Mutter!' rief sie ihr zu, als diese immer schwerer zu athmen begann, ‚gleich wirst Du bei Deinem Erlöser sein.' Sie erschien mir in diesem Momente wie der Todesengel selber, freudig bereit, eine glaubensfrohe Seele ihrer irdischen Hülle zu entkleiden und sie ihrer ewigen Heimath zuzuführen."

Der Doctor sprach noch Manches zu Luziens Ruhme, ohne zu ahnen, daß mir eben keine Wohlthat damit geschah, wenn er mir die Geliebte in eine Heilige umwandelte, und ich mußte wiederum der Worte des Schulzen gedenken, daß der Mann noch geboren werden solle, welcher ihrer würdig sei. Einmal religiös angeregt, lenkte er das Gespräch auf das Jenseits, und hier waren es vornehmlich die Fragen nach der Unsterblichkeit und nach dem wahrscheinlichen Zustande der Seele nach dem Tode, welche er eben so sehr aus einem Bedürfnisse seines Geistes wie seines Herzens zu erörtern liebte. Je nachdem das eine oder das andere gerade vorherrschte, nahm er zu Vernunftgründen oder zu den Verheißungen der Schrift und den Anschauungen seines eigenen Innern seine Zuflucht, und im letztern Falle arteten seine Argumentationen nicht selten in Schwärmerei und Mystizismus aus. So war es auch in Folge der jüngst empfangenen Eindrücke an jenem Morgen.

„Ja, man darf nur die letzten Augenblicke eines Sterbenden bewachen," schloß er seine Rede, „um für immer die Ueberzeugung davon zu tragen, daß wir durch den Tod zum Leben eingehen. Um ein solches Sterbebett wehen, von allen Sinnen empfunden, die geheimnißvollen Schauer der Ewigkeit, und wir erblicken an seinem Fuße die ersten Staffeln jener Leiter, die von der Erde aufwärts, durch Nebel und Wolkendunst, zu den Wohnungen der Seligen führt."

Und sein Angesicht leuchtete, als ob es in den offenen Himmel schaue. Allein wie gern ich ihm auch sonst auf dies Gebiet gefolgt war, heute fehlten mir die Schwingen zu solchem Fluge, mein Hoffen und Sehnen war mehr denn je auf das Diesseits gerichtet, und ich fühlte mich durch eine ungeheure Kluft von dem Freunde wie von der Geliebten getrennt.

Die Todte war zur Erde bestattet. Ich hatte Luzie noch nicht wieder besucht, obwol ich vom Doctor mehrmals dazu aufgefordert war. „Vermißt sie mich etwa?" fragte ich ihn einmal. Er zuckte die Achseln. — Was sollte ich auch bei ihr! — Wie sollte ich ihr gegenübertreten! — Als Geliebter? — Der Schatten der Todten stand zwischen uns, ihr Herz war von andern Gefühlen bewegt und hätte das meine nicht begriffen. Als Freund, der da zu trösten kam? — Sie bedurfte ja keines Trostes von Außen. Daß es nicht in ihrer Macht gestanden, den Vater zu retten, und daß der Graf sein Vermögen nicht antasten wolle, hatte ihr der Doctor bereits eröffnet. Nein, sie bedurfte meiner nicht, und hätte ich mich demungeachtet ihr genähert, ich würde das rechte Wort nimmer gefunden haben.

Jetzt lag nur noch ein Tag vor mir, dann hieß mein Beruf mich scheiden. Ich überbrachte dem Grafen mein Gutachten, empfahl ihm einen Anwalt zur Führung seines Rechtsstreites und verabschiedete mich von ihm. Dann ging ich zu Luzien, um auch ihr Lebewohl zu sagen. Sie saß, wo sie gewöhnlich mit ihrer Mutter zu sitzen pflegte, in einer Fensternische. In dem Gefühle, daß sie mich eben so empfangen werde, schritt ich unwillkürlich mit einem gewissen feierlichen Ernste auf sie zu, sie aber sprang, freudig meinen Namen rufend, von ihrem Stuhle auf, und im nächsten Augenblicke lag sie weinend in meinen Armen. Ach, welche Wonne, welche Seligkeit drängte sich in diesen einen Moment! Wie zehrte er, gleich einem Himmelsfeuer, hinweg, was sich in meinem Herzen an Sorgen und Zweifeln, ja an Groll und Bitterkeit gesammelt hatte!

„O der gräßlichen Oede um mich her!" seufzte sie und weinte still an meinem Halse fort.

„Luzie! — meine Luzie!" rief ich, keines andern Wortes mächtig.

Nach einer Weile erhob sie sich, trocknete ihre Thränen und versetzte:

„Sie haben sie ja auch geliebt, die gute Mutter, nehmen Sie ihre Stelle ein."

„Werde ich sie ausfüllen?" fragte ich.

Sie sah mich wiederum fragend an. Ach, ich hatte sie mißverstanden. Sie hatte nur ihre Stelle dort in der Nische gemeint. Und das Mißverständniß gewahrend, verhüllte sie ihr Angesicht mit den Händen. Der Schatten der Todten stand also doch noch zwischen uns. Ich fühlte mich plötzlich wie von einem eisigen Hauche angeweht, und meine Liebe flüchtete in den tiefsten Winkel meines Herzens. Wir setzten uns schweigend einander gegenüber.

„Sie werden uns verlassen!" nahm sie zuerst wieder das Wort.

„Uebermorgen muß ich mein Amt antreten," erwiderte ich.

„Schon so bald? Nun, Ihre Geschäfte sind ja hier auch wohl beendet!"

Meine Geschäfte hatten ja zu der Ermittelung der Schuld ihres Vaters geführt, und ich glaubte in ihren Worten einen versteckten Vorwurf zu erkennen.

„Hätte ich ihren Erfolg voraus sehen können, so würde ich mich ihnen nicht unterzogen haben," versetzte ich.

Sie warf mir einen schmerzlichen Blick zu und sagte: „Sind Sie an Ihrem neuen Bestimmungsorte schon bekannt?"

„Er ist mir gänzlich fremd," entgegnete ich.

Sie that noch mehre ähnliche Fragen, wie man sie zu thun pflegt, wenn man ein anderes Gespräch vermeiden oder eine Gesprächslücke ausfüllen will. Ich beantwortete sie kurz und kalt, während mir das Blut siedend durch die Adern lief. Endlich schienen ihre Fragen erschöpft, es entstand eine peinliche Pause, die ich gleichwol in meinem Grolle nicht unterbrechen mochte. Es sollte, so dachte ich, auch ihr das Gezwungene, Unnatürliche unserer Situation recht zum Bewußtsein kommen, vielleicht, daß sie alsdann wieder einen andern Ton anschlagen werde. Als sie jedoch in ihrem Schweigen beharrte, erhob ich mich, reichte ihr die Hand und sagte ihr Lebewohl. Da schauerte sie zusammen, ihre Wimper zuckte, und aus den Tiefen ihres Auges traf mich ein voller warmer Strahl der Liebe.

„Leben Sie wohl," sagte sie, — Sie werden bald von mir hören."

Dann wandte sie sich eiligst von mir ab und ich schwankte davon.

Was in ihrer Seele vorging, welche Gedanken sie bewegten, wußte ich nicht: daß ich aber in ihrem Herzen einen unverlierbaren Schatz besaß, dessen war ich nun wie meiner eigenen Liebe gewiß für alle Zeit.

* *
*

Ich hatte mein Richteramt angetreten und es nahm sofort meine ganze Zeit und Thätigkeit in Anspruch, so daß ich im Strudel der Geschäfte kaum zum Bewußtsein meiner selbst kam. Es war mir, als sei ich urplötzlich in eine andere Welt versetzt, welche mit der, die ich eben verlassen, nichts gemein hatte, als die gewöhnlichen Erscheinungen und Bedingungen des Lebens. Einer Beschäftigung entbehrend, welche meinen geistigen Bedürfnissen entsprach, und in meinem Verkehr ungewohnter Weise nur zu sehr auf die Natur angewiesen, war ich dort von Anfang an in ein Traumleben hineingerathen, welches allen meinen Sinnen eine krankhafte Reizbarkeit aufgeprägt hatte. Wie man einen in's Wasser getauchten Stab nicht an seiner wirklichen Stelle, sondern da erblickt, wo der gebrochene Lichtstrahl ihn unserm Auge erscheinen läßt, so erging es mir mit den Dingen um mich her: alle Gesichtspunkte hatten sich mir verrückt. Jetzt, wo ich mich wieder in den gewohnten Geleisen bewegte und wieder festen Boden unter meinen Füßen fühlte, begann mein Blick sich allmälig zu klären und rein und ungetrübt auf den Gegenständen zu ruhen, und ich faßte wieder Vertrauen zu mir und zu einer naturgemäßen Entwickelung meiner Verhältnisse, meiner Zukunft.

So mochten seit meiner Uebersiedelung von Kleinbach etwa vierzehn Tage in der angestrengtesten Thätigkeit vergangen sein, als ich eines Abends, von meiner Gerichtsstube heimkehrend, einen Brief vom Doctor mit einer Einlage von Luzien vorfand. In der festen

Zuversicht, daß auch sie ihre frühere Klarheit wieder erlangt habe und sich meine Hoffnungen jetzt erfüllen würden, griff ich zu ihren Zeilen. Sie schrieb:

„Ich versprach Ihnen beim Abschiede, daß Sie bald von mir hören sollten. Ich bin endlich in der Lage, mein Versprechen lösen zu können. Denken Sie nicht, daß ich mich über meine Empfindungen getäuscht, wenn ich geglaubt hatte, Ihre Neigung zu erwidern. Wie ich mir bei unserm ersten Begegnen über mein Gefühl klar gewesen bin, so bin ich es auch noch in diesem Augenblicke. Aber wie ich weiß, daß ich Sie liebe, so weiß ich auch, daß ich Ihrem Besitze entsagen muß. Wie ich nach bangen Zweifeln, nach harten Kämpfen zu dieser Erkenntniß gelangt bin, wird Ihnen unser Freund sagen. Die Hand des Herrn hat schwer auf mir geruht, aber nicht schwerer wie die Schuld auf den Häuptern derer, die mir das Leben gegeben, und welche zu sühnen mir aufbehalten ist. Wol war mir deutlicher wie vielleicht tausend Andern der Weg vorgezeichnet, den ich wandeln sollte, aber verblendeten Sinnes wandte ich mich ab von ihm und strebte einem Glücke nach, das der Herr mir nicht bestimmt hatte. Darum nahm er die Mutter mir von der Seite, und gab mir das Leid zum Genossen; doch ich verstand nicht seinen Wink und dachte meines Weges weiter zu wandeln. Da berührte mich sein Finger, und ich ward meines Irrthums inne. Ja, mein Freund! — der da so hell und leuchtend aufging über meiner Bahn, der Stern der Liebe, er wäre Ihnen und mir zum Unstern geworden, darum ließ er ihn vor meinen Augen wieder versinken. Ich habe ihm schmerzliche Thränen nachgeweint, aber nun, welche Prüfungen mir auch noch zugedacht sein mögen, nun weiß ich auch, daß kein irdisches Unheil mir mehr begegnen kann. Leben Sie wohl! Ich reiche Ihnen noch einmal im Geiste meine Hand. Denken Sie meiner wie einer Todten, aber wie einer Todten, deren Augen aus seliger Ferne Ihrem Lebenswege folgt, und deren Frieden es stören würde, wenn sie den Freund nicht glücklich wüßte."

"Nein, nicht wie einer Todten, wie einer Kranken, die mir noch genesen soll," rief ich grollend aus und griff zum Briefe des Doctors. Er lautete also:

„Ich habe Ihre Liebe entstehen sehen und begünstigt, begünstigt in dem festen Glauben, daß sie das Glück zweier mir theurer Menschen begründen werde. Dieser Glaube stützte sich auf die Erkenntniß Ihrer beiderseitigen Naturen. Ein treues redliches Herz, ein reich ausgestatteter Geist, ein offner Sinn für alles Gute und Schöne hier wie dort, leidenschaftliche Erregtheit mit einiger Neigung zur Schwärmerei auf Ihrer, Ruhe und Klarheit auf Luziens Seite, das waren meine Bürgschaften. Doch, was ist der ewigen Weisheit gegenüber alle menschliche Voraussicht! ‚Des Menschen Herz schlägt seinen Weg an, aber der Herr allein giebt, daß er fortgehe.' Unmittelbar nach Ihrer Abreise wurde Luzie leidend. Ihr kräftiger Organismus war durch die rasch aufeinander folgenden Schläge heftig erschüttert, und der Gedanke an die Vergehungen, an die Schmach ihres Vaters, durch die Sorge um

die Mutter in den Hintergrund gedrängt, trat nach
deren Tode nur um so mächtiger an die Vereinsamte
heran. Doch die Zeit würde auch diese Wunde geheilt
haben. Ich erkannte aber bald, daß noch ein Anderes
ihre Seele ängstige und als ich ihr solches andeutete,
schüttete sie mir unter heißen Thränen ihr ganzes
Herz aus. Wol mögen Sie ihrer Versicherung Glauben
schenken, daß dies Herz von der innigsten Liebe für
Sie erfüllt ist, und daß es sie ewig bewahren wird.
Mag Ihnen dies ein Trost sein in Ihrem Schmerze!
‚Und dennoch kann ich nicht die seine werden: denn ich
fürchte, daß ich ihn mit all meiner Liebe nicht werde
glücklich machen,‘ rief sie nach jenem Bekenntnisse
schmerzlich bewegt aus. ‚Sie wissen ja, und auch er
weiß es, wie es mir ein unabweisliches Bedürfniß ist,
über den häuslichen Kreis hinaus in einer gewissen
Richtung thätig zu sein. Wird ihm aber diese Nei=
gung, welche mir gewiß auch in die Ehe folgen würde,
nicht mindestens unbequem sein? wird er sie nicht zu
beschränken wünschen? — und wenn auch das nicht
einmal, wird sie sich mit meinen nächsten Pflichten
vertragen?‘ Ich konnte diese Bedenken nicht theilen,
weil ich der Ueberzeugung war, daß jener Trieb, sich
für Andere aufzuopfern, sich allmälig schon selbst be=
schränken werde, und indem ich ihr solches zu erwägen
gab, suchte ich ihre Besorgnisse zu zerstreuen. Mein
Widerspruch that ihr offenbar wohl, sie wurde still
und nachdenklich und versprach mir, sich nochmals
ernstlich zu prüfen. Schon des andern Tages ließ sie
mich rufen und ich begab mich in der sichern Erwar=

tung zu ihr, von ihr zu vernehmen, was ich wünschte.
Doch, wie sollte ich sie wieder finden! Wie eine vom
Donner gerührte, bleich zum Entsetzen, trat sie mir
entgegen. Sie wußte, wessen Tochter sie war. Um
sich mit ihrem Gotte zu berathen, hatte sie zum Tische
des Herrn gehen wollen, und der Pater Crispin hatte
ihr im Beichtstuhl das Geheimniß ihrer Geburt ver=
rathen. Vielleicht hatte sie noch gehofft, von mir
eines Andern belehrt zu werden, leider mußte ich ja
aber jene unselige Angabe bestätigen. Und die am
Sterbebette ihrer Mutter wie eine Heldin da gestanden,
jetzt brach sie zusammen. ‚Also ein Kind der Sünde!
— o mein Gott! — o meine Mutter!' — schrie sie
auf und warf sich an die Erde. Alle meine Bemü=
hungen, sie zu beruhigen, waren vergebens; sie bat
mich nur, sie allein zu lassen. Ich versuchte am fol=
genden Tage, mir Zutritt zu ihr zu verschaffen, allein
sie ließ Niemanden zu sich, selbst den Mönch hatte sie
abgewiesen. Gestern jedoch, gegen Abend, ließ sie
mich zu sich bitten. Ich fand sie wider Erwarten
überaus gefaßt, aber in ihrem ganzen Wesen wie um=
gewandelt. Das weiche Lockenhaar einfach gescheitelt,
eine himmlische Ruhe in dem lieben schönen Angesichte,
stand sie in ihren Trauerkleidern vor mir da wie eine
Verklärte, Gottgeweihte, die alles von sich abgethan
und zu den Füßen dessen gelegt hatte, der durch sein
Leben und seinen Tod uns das vollkommenste aller
Opfer gelehrt hat. Nein, dies Haupt war für einen
Myrtenkranz nicht geschaffen, es mußte eine andere
Krone tragen. ‚Der Himmel selbst hat entschieden,'

sagte sie, mir einliegende Zeilen für Sie überreichend, ‚ich habe dem Freunde entsagt; was mich dazu bewogen, werden Sie ihm mittheilen.' Ihr Entschluß war unwiderruflich; Gegenvorstellungen würden nicht allein vergebens, sondern auch wider meine eigene Ueberzeugung gewesen sein: denn was den Mönch auch bewogen haben mag, sie über ihre Geburt aufzuklären, das Eine ist auch mir jetzt klar, daß ein höherer Wille sich hier offenbart hat, und ich hoffe mit Luzien, daß auch Sie zu dieser Einsicht gelangen und sich in Demuth jenem Willen fügen werden." — — —

Ich hatte den Brief unter den wechselndsten Empfindungen zu Ende gelesen, aber Zorn und Bitterkeit gewannen über alle sanftern Gefühle die Oberhand. „Als einen Rathschluß des Himmels, als eine göttliche Fügung soll ich es erkennen, daß List und Bosheit, unter einer Mönchskutte versteckt, mir die Geliebte entrissen, mich um das Glück meines Lebens betrogen haben!" rief ich. Es kam mir jener Traum wieder in den Sinn, wo ich über der Leiche von Luziens Mutter mit dem Mönch gerungen hatte und ich zweifelte nicht, daß er ihr jenes Geheimniß nur in der Absicht verrathen, um ihr eine fremde Schuld als eine eigene aufzubürden, und daß sie ihrer Liebe nur deßhalb entsagt habe, weil er dies Opfer zur Sühne von ihr gefordert. Auch wider den Doctor kehrte sich mein Groll, daß auch er sich hatte bethören lassen, und statt die Schuldlose von ihrem unseligen Wahne zu befreien, sie nur noch mehr darin bestärkt hatte. Am Schlusse seines Briefes hieß es, daß der Graf dem Oberförster den Dienst gekündigt habe. Vielleicht hatte auch er, der stete Genosse des Mönchs, seinen Theil daran. Und einer solchen Intrigue sollte ich thatlos weichen! — Nimmermehr! — Es war ein Sonnabend, ich hatte also einen freien Tag vor mir, und mit Extrapost konnte ich Kleinbach in acht Stunden erreichen. Ich war entschlossen, zu der Geliebten zu eilen und ihr wo möglich die Augen zu öffnen, ja, ich dachte sie ihres Wortes zu mahnen, das sie mir am Grabe der Fürstin gegeben. Schon stürmte ich zum Hause hinaus, der Post zu, als mir mein Actuar mit einem Landmanne begegnete. Sie waren im Begriff, mich zu einer Testamentsaufnahme in einem benachbarten Orte abzuholen.

„Hat es nicht Zeit bis Uebermorgen?" fragte ich.

„Mein Vater wird die Nacht wol nicht mehr überleben," erwiderte der junge Mann.

Da war also kein Aufschub möglich, ich mußte mich meiner Pflicht fügen und eine Stunde darauf nahm ich den letzten Willen eines sterbenden Greises entgegen. Es wäre auch nach Beendigung dieses Geschäfts noch Zeit genug gewesen, mein Vorhaben auszuführen, allein mein Blut hatte sich inmittelst abgekühlt. Als ich heimgekehrt war, überlas ich den Brief Luziens wieder und wieder, und jetzt erst enthüllte sich mir sein eigentlicher Sinn. Ich vernahm diese Worte aus ihrem Munde, ich sah die Mienen, womit sie solche begleitete. Wie rührend klang ihre Stimme, wie war ihr Blick so bittend! — Meine Thränen begannen zu fließen, meine Hoffnung sank dahin. Ihr

Herz hatte mit sich Frieden gemacht. Ich hätte es auf's Neue beunruhigen, quälen, ängstigen können, aber sie für meine Wünsche umzustimmen, durfte ich nicht hoffen. So galt es denn, auch mit mir Frieden zu machen, mich mit dem Unabänderlichen abzufinden. Ich verglich unsere beiderseitige Lage miteinander und es wollte mir eben nicht zum Troste gereichen, als ich mir sagen mußte, daß die ihrige so viel weniger beklagenswerth sei, als die meine. Fand sie doch Trost und Beruhigung in dem Glauben, daß der Himmel es also gefügt habe, daß er unsere Trennung zu unserm Heile habe geschehen lassen, während ich aus der Ueberzeugung, daß hier ganz andere Mächte thätig gewesen seien, die nichts weniger als unser Heil gewollt, nur Groll und Bitterkeit schöpfte. Erst, als im Laufe der Jahre von Zeit zu Zeit die Kunde zu mir gelangte, daß Luzie, welche bald nach mir Kleinbach verlassen und nach Werserode übergesiedelt war, um ganz und gar dem zu leben, was sie einmal für ihren Beruf erkannt hatte, sich des ungetrübtesten Glückes, der heitersten Ruhe erfreue, und als ich selbst die Erfahrung machte, daß auch mein Beruf nicht ohne Segen blieb für mich und andere, da zog jener Glaube allmälig auch in meine Seele ein, und wenn er auch nicht alle Schatten aus ihr verscheuchen konnte, so gab er mir doch ein stilles Genügen an dem, was mir geblieben.

Seitdem ist ein Jahrzehend nach dem andern dahin geschwunden. Das Schloß Kleinbach ist inmittelst ein Raub der Flammen geworden und die, mit denen ich einst dort verkehrt, sind Alle, bis auf den Grafen, nach und nach heimgegangen. Dieser lebt auf seinem Lehengute in Schlesien, welches der frühere Besitzer im Vergleichswege an ihn abgetreten hat. Auch Luzie ist, die Letzte von ihnen, vor kaum Jahresfrist nach kurzem Leiden hinübergeschlummert. Der Tag der Auferstehung des Herrn war ihr Todestag. Ihr Sterbliches ruht auf dem Friedhofe zu Werserode neben der Asche jener Fürstin, an deren Grabe wir einst unter den Klängen der Abendglocken unsern Bund geschlossen. Eine über ihrem Hügel an der Kirchenwand befestigte Tafel enthält die Inschrift: „Sei getreu bis an den Tod, so will ich dir die Krone des Lebens geben." Noch eine kleine Weile, dann werden jene Glocken auch mir zur Ruhe läuten.

Münster. Gedruckt bei F. C. Brunn.

Vorräthig in allen { **E. C. Brunn's Verlag in Münster.** } Buchhandlungen.

Bunte Falter.
Novellistische Bilder aus dem Messe- und Bude-Leben von A. v. Arlau.

broch. 1 Thlr. 7 Sgr. 6 Pf., geb. mit Goldschn. 1 Thlr. 24 Sgr.

Lenore.
Von **Theodor Storm.**

broch. 22 Sgr. 6 Pf., geb. mit Goldschn. 2 Thlr.

Genzianen.
Skizzen-Blätter von **Elise Volks.**

broch. 1 Thlr. 15 Sgr., geb. mit Goldschn. 2 Thlr.

Weihnachtsgeister.
Dichtung und Wahrheit von **Mathilde Quednow.**

cart. mit Goldschn. 12 Sgr., elegant gebunden 20 Sgr.

Das Weib wie es sein soll.
Ein Frauenspiegel.
Nach dem Franz. des P. B. Marchal übersetzt von **Dr. Paul Grüne.**

broch. 22 Sgr. 6 Pf., geb. mit Goldschn. 1 Thlr.

IMMENSEE
or the old man's Reverie by **Theodor Storm.**
Translated by H. Clark.

broch. 12 Sgr., gebd. mit Goldschn. 20 Sgr.

Am Ufer.
Gesammelte Novellen von **Mathilde Quednow.**

broch. 1 Thlr. 7 Sgr. 6 Pf., geb. mit Goldschn. 1 Thlr. 24 Sgr.

Im Schloss.
Von **Theodor Storm.**

broch. 15 Sgr., geb. mit Goldschn. 27 Sgr.

Gedichte
von **Moritz Saint-Thomas.**
Vierte Auflage.

elegant brochirt 1 Thlr.

Vorräthig in allen { C. C. Brunn's Verlag in Münster. } Buchhandlungen.

Dunkle Wege.
Erzählungen
von
J. M. Hutterus.
eleg. brosch. 12 Sgr.

Aus einer Künstler-Ehe.
Erzählung.
von
J. M. Hutterus.
eleg. brosch. 12 Sgr.

Der Stadtrichter.
Novelle
von
J. M. Hutterus.
eleg. brosch. 12 Sgr.

Stoff, Kraft u. Gedanke.
Eine umfassende Erklärung
des
Seelen- u. des leiblichen Lebens
mit Hinblick
auf die Unsterblichkeit.
Von
Ferd. Westhoff.
elegant broschirt 2 Thlr.

Die Insektenwelt.
Ein Taschenbuch
zu
entomologischen Excursionen
für
Lehrer und Lernende.
Von
Prof. Dr. Karsch.
brosch. 1 Thlr., gebb. 1 Thlr. 10 Sgr.

Schnurrige Geschichten
in
plattdeutschen Gedichten.
Von
A. Riese.
eleg. geheftet 9 Sgr.

Neueste Etui-Blumensprache
nebst Liedern der Liebe.
Siebente Auflage.
brosch. 7 Sgr. 6 Pf., gebb. mit
Goldschn. 12 Sgr. 6 Pf.

Snurren un Snaken.
Ener plattdütsche Geschichten
von
G. Ungt.
elegant brosch. 9 Sgr.